当代最具实力作家散文选 · 王昕朋 卷

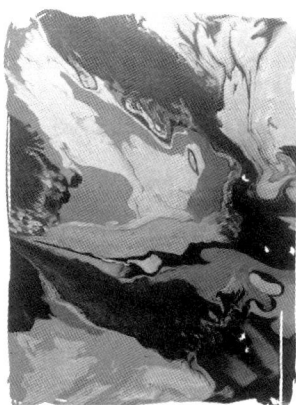

会唱歌的沙漠

王昕朋 ◎ 著

中国言实出版社

图书在版编目（CIP）数据

会唱歌的沙漠 / 王昕朋著 . -- 北京：中国言实出
版社，2018.7
（雄风文丛 / 王巨才主编）
ISBN 978-7-5171-2830-4

Ⅰ . ①会⋯ Ⅱ . ①王⋯ Ⅲ . ①散文集－中国－当代
Ⅳ . ① I267

中国版本图书馆 CIP 数据核字（2018）第 140154 号

出版发行　中国言实出版社
　　　　　地　　址：北京市朝阳区北苑路 180 号加利大厦 5 号楼 105 室
　　　　　邮　　编：100101
　　　　　编辑部：北京市海淀区北太平庄路甲 1 号
　　　　　邮　　编：100088
　　　　　电　　话：64924853（总编室）　64924716（发行部）
　　　　　网　　址：www.zgyscbs.cn
　　　　　E-mail：zgyscbs@263.net
经　　销　新华书店
印　　刷　三河市祥达印刷包装有限公司
版　　次　2018 年 8 月第 1 版　　2018 年 8 月第 1 次印刷
规　　格　710 毫米 ×1000 毫米　1/16　12.5 印张
字　　数　180 千字
定　　价　38.50 元　　ISBN 978-7-5171-2830-4

何妨吟啸且徐行

王巨才

二十世纪最后几年，文学界一个引人注目的景观，就是散文热的再度兴起。进入新世纪以来，这种热度仍在持续升温。这其中，尤以反思历史与传统文化的"大散文""新散文"理念风靡盛行，出现一批思接千载、视通万里、谈古论今、学识渊博的作品，给散文园地增添了新的色彩和样态。与此同时，传统意义上靠阅览、回忆、清谈、抒怀等书写人生百态的散文作品，也有一定变革，多数作家不再拘于云淡风轻的个人世界，从远离红尘的小情小感中脱离出来，融入充满生机与活力的现实之中，写出大量贴近大众生活的优秀作品，受到广泛赞誉。大体来说，这二十多年来我国的散文领域一直保持着潜心耕耘，不惊不乍，静水深流，沉稳进取的良好态势，情形可喜。

这套"雄风文丛"的十位作家中，吕向阳和任林举是专以散文创作为职业和志向的散文家，曾先后获得鲁迅文学奖和冰心散文奖，是散文领域的佼佼者。石舒清、王昕朋、野莽、肖克凡、温亚军、吴克敬、李骏虎和秦岭八位则都是久负盛名的小说家，他们的小说作品曾分别获得过鲁迅文学奖等奖项。这些小说家绝不是"跨界融合"，他们的散文毫不逊色，从作品的质量和数量上看，他们从来没把散文当作小说之余的"边角料"，而是在娴熟驾驭小说题材、体裁的同时，也倾心散文这种直抒胸臆、可触可感的表达方式。从这些小说家的散文里，更能感受到他们隐藏在小说后面的真实的人生格局和丰赡的内心世界。

宁夏专业作家石舒清，小说《清水里的刀子》曾获第二届鲁迅文学奖，并被改编为同名电影在东京电影节获得大奖。这本《大木青黄》是他第一本综合性随笔集。书中的"读后感"类，是阅读过程中就一些作品所作的印象式点评，借以体现和整理自己的审美取向和文学观点；"写人记事"类，写到生活中一些印象深刻的人和事，字里行间充满深长的思绪与感怀；第三部分涉及个人的兴趣爱好，比如喜欢体育、喜欢淘书、喜欢书法、喜欢收藏等等，笔致生动活泼，读之饶有兴味；"作家印象记"，知人论事，是对自己"有斯人，有斯文"这一观点的考察和验证。其他如"文友访谈"及往来书信等也都是作家本人工作、生活、思想情感的多侧面展现和流露，从中可以感受到一位知名作家疏淡的性情、厚实的学养和开阔的思想境界。

王昕朋是位饶有建树的出版人，也是创作颇丰的小说家，出版有长篇小说《红月亮》《漂二代》《花开岁月》等多部作品。他的散文视野广阔，感觉敏锐，情思隽永，文笔清新，从中可以看出，他写东西并不求题材重大，也不迎合某些新潮的艺术习尚，而是铺开一张白纸，独自用心用意地去书写自己熟悉的动过感情的生活，从中发掘自然之美，心灵之美，感受生活的芬芳，人间的纯朴。一组美文，构思精巧，意蕴深长，绘山山有姿，画人人有神，充满浓郁的诗意和睿智的哲思。生活中，美的呈现是多样的，刚正不阿、至诚至勇是美，敦厚谦和、博大宽宏也是美。王昕朋发现了这些生活中的人性美，并且抓住极富典型意义的美的细节和刹那间美的情态，用点睛之笔，透视出人物性格的光彩和灵魂的美质，给人以强烈的感染。

天津作家肖克凡的小说获奖无数，让他久负盛名的是为张艺谋担任编剧的《山楂树之恋》。他的散文《人间素描》以老练精短的文字记录一个个普通人物，从离休老干部到"八零后"小青年，极力展现社会生活百态，从而构成生机盎然而又纷繁驳杂的"都市镜像"。在《汉字的望文生义》中，作者讲述中日韩三国文字含义的异同，如日文"手纸"、韩文"肉笔"等汉字闹出的误会，涉笔成趣，令人忍俊不禁。《自我盘点》是作者自我经历的写照，体现了"文学的生命是真诚"的写作观，不论是遥远的往事还是新近的遭逢，都留有成长和行进的清晰足迹。《作思考状》其实是对某些对社会现象的严肃思考，有批判也有自省。《怀旧之作》的一个个人、一件件事、一桩桩情感，虽没有惊天动地的事件与杰出人物，却是作者真情实感的记录。《我说孙犁先生》，文字朴实，情感真挚，表达了对前辈作家独特的认识与由衷的景仰，在伤逝感怀文章中别具一格。

与唯美派的散文形成对应，野莽的文字如删繁就简的三秋之树，力求凝练和精准。他在所谓的文化大散文和哲理小散文中独寻他路，主张并实践着散文的思想性和历史感。他往往在颜色泛黄的岁月里打捞记忆，以情绪沉淀后的淡淡幽默再现特殊年代的辛酸和苦涩，每每发出含泪的笑。书中写到的"右派"父亲喂猪的故事正是如此。在文体理论上，他对散文的诠释是自然形成于诗与小说之间的一片辽阔的芳草地，在这里，小说家可以摘下面具，以真身讲述真情和真事；飞天路上的诗人也可以暂回人间，轻松地打开自己的心灵。国外大学选译他的散文作为中国语教材，想来自有道理。

温亚军的短篇小说获得过第三届鲁迅文学奖。与小说的虚构不同，他的散文完全忠实于自己的人生经历，大多取材于早年的记忆。他的童年和少年都是在西北乡村度过，记忆中，乡村的生活虽然艰辛，但充满着温暖和亲情。童年的愿望简单而质朴，他写怀揣这个愿望及至实现愿望过程中的满足和愉悦，叙事平实，情感真纯，每每能唤起读者共鸣。记忆的深刻性与性格乃至人格紧密相关，他的记忆之所以筛选出的多是温情暖意，是因为艰苦的乡村生活和淳朴的生长环境塑造了他宽厚善良的品格，《时间的年龄》《低处的时光》等都是通过一段记忆，构成一种考问，一种自省和盘点、一种向往与追求。而像《一场寂寞凭谁诉》等篇什中那些从历史洪流中打捞的点点滴滴，那些被作者的目光深情注视、触摸过的寻常事物，经由他的思考、探索和朴素的表达，也总能引发人们内心的波澜和悸动。

陕西作家吕向阳曾获冰心散文奖。他扎根关中大地，吸吮地域沃土和民间风俗的营养，相继写出《神态度》《小人图》《陕西八大怪》等五十万字的系列长篇散文，这在城市化的车轮即将碾碎老关中背影之际，无疑有着继绝存亡、留住民间烟火的担当。三万字的《小人图》是作者从凤翔木版年画中觅得的一组"异类"和"怪胎"。民间艺人把"小人"的使坏伎俩镌刻成八幅版画，吕向阳的剖析则由此生发开来，重在考问国民的劣根性，着力于诫勉与警省。《神态度》系列是从留在乡民口头的"毛鬼神""日弄神""夜游神""扑神鬼""尻子客"等卑微细碎的神鬼言说中梳理盘辨出来的，这些言说最早在西周之前就出现了，如果忽略它们，将是关中文化的损失，也是中华传统文化的失血。这些追述关中民风村情的散文，需要智慧，需要眼界，更需要广博的知识与执着的耐力，吕向阳付出的心血令人尊敬。

吉林的任林举以报告文学《粮道》获得第六届鲁迅文学奖。他的散文在精神取向上，一向以大地意识和忧患意识见长。他的诸多散文，突出表现即为情感的浓烈和哲思的深刻。而从文章的风格和技巧上考量，他又是一位最擅长写景、状物的作家。凡人，凡事，凡物，一旦经过任林举的笔端，定然会获得不同寻常的光彩或光芒，有时，你甚至会怀疑那人那事那物是否是一般意义上的文学客体；显然，其间已蕴涵着作家独到的理解与点化之功。至于那些随意映入眼帘的景物，经过他的渲染，便有了"弦外之音"和"象外之象"，有了一番耐人寻味的意蕴、情绪或情怀。这一次，任林举以《他年之想》为题，一举推出近六十篇咏物性质的散文，读者或可借此窥得其人生境界或散文创作上的一二真谛秘笈。

吴克敬是第五届鲁迅文学奖获得者，他进入文坛，是一种典型，从乡间到了城市，以一支笔在城里居大，他曾任陕西一家大报的老总。他热爱散文，更热爱小说，笔力是宽博的，文字更有质感，在看似平常的叙述中，散发着一种令人心颤的东西，在当今文坛写得越来越花哨越来越轻佻的时风下，使我们看到一种别样生活，品味到一种别样滋味。从吴克敬的作品中，能看到文学依然神圣，他就是怀着这样的深情，半路杀进文学界的。他五十出头先写散文，接着又写小说，专注于文学创作的他，看似晚了点，但他底子厚、有想法，准备得扎实充分，出手自然不凡。社会生活的丰富多彩和纷扰烦乱，在他人，只是领略了些许表面的东西，吴克敬眼光独到，他能透过表面，发现潜藏在深处的意蕴。他写碑刻的散文，他写青铜器的散文，都使我们惊叹其对历史信息的捕捉与表达，更惊叹他对现实生活的挖掘和描述，散文《知性》一书，充分展现了他的文学才华。

作为鲁迅文学奖获得者，山西作家李骏虎以小说成名，但从他的创作轨迹不难发现，他的散文写作历史更长。他以散文写作开始文学生涯，兴趣兼及随笔和文学评论。在把小说作为主要的创作形式后，李骏虎从来没有放弃散文，他的笔触始终跟随脚步所到之地，无论出国访问还是国内采风，都"贼不走空"，写出一篇篇具有思想华彩的散文作品，体现出朝学者型作家迈进的趋势。《纸上阳光》是李骏虎近年读书阅史沉潜钻研的成果，从"纸上得来未觉浅"和"阳光亮过所有的灯"两组系列文章不难看出，一个具有小说家飞扬想象力和史学家严谨治学态度的人文学者是如何苦心孤诣辛勤笔耕的。

近些年来，实力作家秦岭在《人民日报》《光明日报》《中国作家》《散文》《文艺报》等报刊发表大量散文随笔，叙说自己在生活与文学之间行走的发现与思考。他善于在历史和时代的交叉点上思考人生与社会，注重视角的多重选择和主题的深度开掘，既有对乡情的深深眷恋和回味，也有对自然和生态的无尽忧虑和追问，更有从自身阅读和创作经验出发，对当下文化、文学现状的深刻反省和诘问，从而使叙事富含思辨色彩、反思力量和唤醒意识。构思新颖、意境高远、韵味悠长。其中《日子里的黄河》《渭河是一碗汤》《走近中国的"大墙文学"之父》《烟铺樱桃》《旗袍》等作品，多被北京、广东、天津等省市纳入高中语文联考、高中毕业语文模拟试卷"阅读分析"题，受到专家好评和读者的欢迎。

文章合为时而著，歌诗合为事而作。在众多文学样式中，散文是一种最讲情理、文采，最能充分表达作家对时代生活的真情实感，也最能发挥作家艺术修养和文字功力的文体。《文心雕龙》讲："情者文之经，辞者理之纬；经正而后纬成，理定而后辞扬，此立文之本源也。"情有健康晦暗之分，辞有文野高下之别。作家的使命，是以健康思想内容与完美艺术形式相结合的作品去感染人、影响人、塑造人，进而推动历史发展和社会文明进步。纵观"雄风文丛"的十位作家，他们经历各不相同，创作各有特色，共同的是，他们都把文学当作崇高的事业，始终以敬畏的心情对待每一次创作、每一篇作品；他们与人民群众保持着密切的联系，坚持从丰富多彩的现实生活中获取创作资源和灵感：他们有高尚的艺术追求和鲜明的精品意识，竭力以精美的精神食粮奉献广大读者。正因为如此，他们的作品总能较为准确地反映时代的本质、生活的主潮、人民的呼声和愿望，总能给人审美的愉悦、心智的启迪与精神的鼓舞与激励。或者换句话说，在我们看来，这套丛书里的作品，正是当下社会需要、人民期待的那种弘扬主旋律，传播正能量，有道德、有温度、有筋骨又有个性和神采的作品。中国言实出版社精心组织这样一套丛书，导向意图不言自明，其广受读者欢迎和业界重视的效应，自可期待。

（作者系中国散文学会会长、中国作家协会原党组副书记）

目录

第一辑

漠河雄文

加格达奇印象

　　"高高的兴安岭，一片大森林，森林里住着勇敢的鄂伦春……"这是我童年时候学会的一首歌。它优美的旋律，极富魅力的歌词，尤其是那引人入胜、浮想联翩的歌中展现的神奇情景，常常呼唤着我对巍巍大兴安岭的向往。前不久，我终于了却了这一心愿——走上了被誉为"金鸡冠上的绿宝石""祖国的绿色宝库"的大兴安岭。

　　清晨六点，我乘车抵达大兴安岭林区首府加格达奇。在铺天盖地的皑皑冰雪辉映下，加格达奇天地浑然一体，像一块玉石般晶莹剔透。远处的地平线上，鱼肚白的光线不断地汇集，越来越密，越来越亮，好像有什么东西在天地交接处孕育，不久就要迸发而出。极目远眺，我完全被它磅礴的气势震撼了。到处是山、是雪、是树，雪绕着树，雪卷着山，山连着天，雪山连绵，起伏跌宕，一望无际。尤其值得称道的是清新纯净的空气，让人觉得把它吸进去，再呼出来，仿佛就是一种奢侈，一种贪婪。

　　过了一会儿，远处的地平线上，鱼肚白的光线渐渐地被涂上了色彩，那色彩金光灿烂，晃得人有些睁不开眼睛。我不得不眨一下眼，以适应这些刺眼的光线。然而，不过就是这短短的眨眼工夫，天空已经变得五彩缤纷，艳丽夺目，此刻是一片殷红，美丽雍容。在这片红色中，有一处越来越深也越来越亮，仿佛在那里有什么不一样的东西，正在努力地蓄势待发。果然，当那里的光芒嫣红到无法以目触之的时候，一轮红日终于从地平线上飞腾而出，金红色的光芒陡然高涨，燃红半边天幕。加格达奇原本的白色外衣上此刻有红色的光色变幻，流光溢彩处，灿若明霞，气象万千。此时的加格达奇是真正苏醒过来了，车辆川流而过，上班的上学的人在街道上往来，卖早点卖报纸的小贩的叫卖声在清晨的空气中回荡，高亢而明亮。这个城市中的一切都是新鲜的，生气勃勃的，就像那刚刚升起的太阳一样，鼓荡着绵绵不绝的生命力。

　　大兴安岭位于中国最北部，是中国主要山脉之一，南北长约365公里，东西长约335公里，总面积8.35万平方公里。地委、行署和林管局坐落在加格达奇。

　　加格达奇是一座古老的城市，加格达奇是鄂伦春语，其意为樟子松的故乡。在鄂伦春人心目中，樟子松是一种英雄树，也可以说是英雄的象征。高大挺拔的樟子松，在冰天雪地中巍然屹立；一身傲骨，大义凛然。考古工作者于上个世纪80年代，在距加格达奇西四十公里的嘎仙高格德山洞内西侧的石壁上，发现了标准的魏书石刻文字，对其进行了深入研究后，又有了更为惊人的发现，原来这是北魏道武帝的孙子拓跋焘，派手下大臣李敞从都城平城（今山西大同）千里迢迢来大兴安岭祭祀其祖先的记录。嘎仙洞珍藏的历史证明，早在远古时期，加格达奇已有了人类活动。由于地处大兴安岭山脉，四周群山连绵，森林环抱，所以又有"林城"之称。这座处于北国高寒地带的城市，一年中有长达五个月在冰雪覆盖下，称其为"冰城"也无可厚非。

　　清晨的阳光出现在加格达奇的时候，四周白雪覆盖的群山，城中白雪覆盖的房屋、街道，雄浑一色，相互辉映，整个加格达奇金光灿烂，使这个冰雪中屹立的城市精神抖擞，充满了魅力。让人惊叹不已的是，临近中午的时候，突然又下起了雪。满天白雪扬扬洒洒，飘然而落，又给加格达奇增添了几分壮丽。

　　稍事休息后，朋友开车带我在加格达奇城区转了一遍。玻璃窗仿佛是录像机的镜头，随着车轮的转动，一幅幅景象摄入我的眼帘，印在我的心中。大街两旁的楼房造型各异，千姿百态；每一座楼房都有其鲜明的个性，有中国传统的琉璃砖瓦建造，楼顶端龙飞凤舞，气势浩大；有古老的欧式建筑，开放型落地窗，宽敞明亮……城市的规划也很科学，楼房、街道、街道两旁的广场、园林，相互对称，风格别致，极具林区城市文化特色。

不像有些城市，楼房很高大，广场很宽阔，但千篇一律，没有个性。

加格达奇的市场很繁华。国际上和国内各种名牌商品的广告，在这里也争先恐后地展示着骄傲，有名牌服装、名牌手表、名牌化妆品、名牌家用电器，还有一些知名饭店的连锁店。一些大城市能看到的品牌，在这个城市也能看到。从这一点，就可以看出这座城市的购买力水平，同时，也可以看出这座城市居民的生活富裕程度。

有句俗话说"不看吃的看穿的"。在人们的印象中，像加格达奇这样高寒城市的人，在冬季男人应当是皮衣皮裤皮帽子，女人应当是棉袄棉裤棉头巾，把自己裹得严严实实，只露着两只眼睛。可是，我看到的完全是另一幅景象。大街上来来往往的男人们、女人们穿着的衣服款式十分时尚，色彩多种多样，红的像一团火，绿的像一棵树，白的像一片云，花的像一簇花，把冰雪中的加格达奇装点得春天般旖旎。

加格达奇同其他城市一样，近年来也建有宽广的文化广场，有一些气势磅礴的现代化建筑，如会议中心、艺术馆等，为这座城市增加了亮色和现代化气息。但是，最让我感到惊奇的不是这些建筑，而是这个城市的文明景象。

一个城市的交通，最能体现这个城市的管理水平和文明程度。有的城市可以说日新月异，每年都多了许多建筑，但是交通却越来越拥挤，越来越堵塞。一方面是车辆与日俱增，一方面是人车争道。我们在加格达奇的城市里开车走了大半天，也没有遇见交通堵塞的情况。大街上行驶的车辆和行走的行人秩序井然。在一个个十字路口，红灯亮时，车辆规规矩矩地等候，没有在一些城市常见的那种几辆车乃至十几辆车争相按喇叭催促，让人心烦的现象。车辆、行人也是严格遵章，不像一些城市中车辆、行人你争我抢，秩序混乱。要知道，这个时候的加格达奇还是冰天雪地。而且，还是飘雪的日子。

"平常的日子，加格达奇的交通是不是也是这样秩序井然？"我问陪同的朋友。

朋友说："一年到头都是如此。晴天如此。雨天如此。雪天也如此。已经习惯了。"

"已经习惯了。"听起来多么平常的一句话，但其蕴藏着丰富的内涵。

所谓习惯，有好的习惯，也有不好的习惯。而不论好的、不好的习惯，都要经历一个漫长的形成过程。相比起来，不好的习惯改起来十分困难，而好的习惯，培养起来也并非易事。君不见被人们冠之以"京骂"的习惯，多年来尽管再三提倡杜绝，依然是"江山易改，本性难移"嘛！如此看起来，加格达奇市民遵守交通法规的习惯也是"冰冻三尺非一日之寒"。

加格达奇给我的另一印象是整齐、清洁。用洁白无瑕来形容，丝毫也不过分。走过一条又一条街道，不论是店铺拥挤的商业街，还是人潮涌动的农贸市场；不论是宽敞的大街，还是狭窄的胡同，看不到一些城市中常见的乱堆乱放、乱搭乱建，甚至看不见一件乱扔的东西。在经过一个商场门前时，我看见刚从商场走出来的一个中年妇女，手里拿着一个白色塑料袋，走了大约二十米远，扔到一只垃圾桶里。那位中年妇女的举动，让人深有感触。没有一个良好的文明环境，没有一个良好的文明意识，恐怕是难以做到这一点的。加格达奇城市是洁白的，加格达奇人的思想也是洁白的。

加格达奇满城冰雪。厚厚的冰雪都堆在街道两边，街道上看不到冰雪的痕迹。堆在街道两旁的冰雪，有的做成了神态百变的雪人，有的做成栩栩如生的冰雕，那些雪人和冰雕几乎一尘不染。这个城市的文明程度，这个城市市民的文明意识由此可见一斑。一个城市，只有人与自然的关系和谐了，才会有一个好的发展环境。

落雪的加格达奇，气温很低。但是，走在这座城市的街道上，你会感到春天般温暖。这温暖来自于街道上行人散发的气息。我们曾几次下车在街道上步行，遇到的人不论男女老少，都很礼貌，有的主动为我们让路，有的向我们微笑致意，而且笑得真诚，笑得亲切，笑得灿烂。

在整个加格达奇市区跑了大半天，也没看到一个警察的身影。难道这儿的警察都放假休息了？或者说这个城市就没有警察？我把心中的疑问告诉了朋友。朋友笑了，说："加格达奇乃至整个大兴安岭地区，社会治安在黑龙江省都是最好的，而且是黑龙江省的文明单位。在我们这里，可以说夜不闭户，路不拾遗。至于说警察，他们是最忙碌最辛苦的，这种时候，他们大都在冰天雪地的森林中，检查盗伐木材者，保护国家的森林资源。"

我默然。一个以人为本的社会，物质文明应当同政治文明、精神文明协调发展，共同进步。

    其实，一个城市能让当地居民真正感到自豪和外来者感受深刻的，不仅仅是耸天的高楼、宽阔的广场，还有良好的社会治安环境、生活秩序和文明程度。比如一个穿着华丽外衣的人，可能给你的第一印象很悦目，但如果此人趾高气扬，出口脏话连篇，举止不讲文明，你会对他产生好感和留下美好印象吗？答案肯定是否定的。

乌苏里人家

　　说起乌苏里，最容易让人想起的是那首传唱多年、经久不衰的《乌苏里船歌》。那是一首描写赫哲族人民生活的歌曲。因为曲调优美，朗朗上口，一直为广大听众欣赏，知名度也就颇高。对于很多没有亲身到过乌苏里的人来说，遥远的北国，奔腾的乌苏里江，神秘的赫哲族人，动人心弦的船歌，具有一种强大的诱惑力。正因为此，朋友要带我去乌苏里，我当即应允。

　　汽车从大兴安岭北部的图强出发，一直向北，在林海雪原里行驶了近四个小时，驶出了茫茫森林，到达了一条冰雪覆盖的江边。然后，汽车径直开到了江上。朋友告诉我，我们的车轮现在是在黑龙江的江面上行驶，而且已经到了祖国的最北端。我们车轮下的江面的中心，就是中俄的国界。

　　"不是说去乌苏里吗？怎么到黑龙江来了？"我有些诧异。

　　朋友笑了："是去乌苏里，但不是乌苏里江。"

　　这时，车已停在冰冻的江上。朋友带头下了车。我们的四周，到处是山，是森林，是冰雪，让人感到天高江阔，大气磅礴。突然，江岸边一缕炊烟引起了我的注意。接着的一声狗叫，也引起了我的兴趣。因为，在这冰天雪地、渺无人烟的地方，那一缕炊烟，那一声狗叫，无疑是生命的象征。

　　我们踏着厚实的白雪，向着炊烟飘起和狗叫的地方走去。首先映入眼帘的是一片樟子松林中的一个稍微隆起的土包，用木栅栏围起的小院。院子里的一棵樟子松树上，拴着一匹强壮的枣红马，停着一辆破旧的自行车。

从江边到小院有一条小道，道上的冰雪早已清扫干净，露出黄褐色的地面，让人可以闻到泥土的气息。我没有想到这里会有人家，于是情不自禁地举目四望。眼前是冰封千里的黑龙江，身后是起伏巍峨的大兴安岭，四周是苍苍茫茫的林海雪原，方圆几十里内，都不见人烟。用荒凉、冷酷形容这个地方，一点也不过分。若没有眼前这明显是人工造就的两排木栅栏、一条土路和枣红马为证，我简直无法相信真的有人居住在这"千山鸟飞绝，万径人踪灭"的荒野里。

朋友告诉我这个地方叫乌苏里。

那么，眼前这个小院是不是可以叫做乌苏里人家呢？我想。

汪汪的狗吠声打断了我的感叹。转过身去一看，栅栏里，一只黄狗正冲着我们一行人叫个不停。眼前这位，多半是这"乌苏里人家"的一位成员了吧。大概是从未见过如此多的陌生人来到自家门前，多少有些受到惊吓，还没等我们走近，它就远远地跑开了；在距我们大约二十米开外的地方停下，目不转睛地注视着我们。

许是听到了狗的叫声，又或许是早已被我们的举动所惊扰，一个老人已经出得屋来，站在栅栏尽头迎接我们。老人大概七十岁左右，身穿一件深蓝色的毛衣，红红的脸膛，有些轻微的谢顶，但腰板挺直，精神很是矍铄。老人与我的图强朋友很熟悉，见了面就拉着我那位朋友的手不放，两眼流露出惊喜和热情。这是对久别了的亲人才会有的那种感情。

老人将我们迎进屋，招待我们坐下。朋友与老人拉起了家常。我却在屋里左右环顾，打量起中国最北的这户人家来。

说这是一间屋子，其实并不准确。老人的这个居所低于地表，实际是建在地沟里的。这条地沟，可能是从森林中流出的水冲刷而成的，大约三米宽。老人因地制宜，就势借了沟体做墙，在沟顶上搭上一层用木板做成的顶盖，沟的出口处用木头围出一扇门，再搭上一块帘子，这就是一间"屋"，或者说是一个家。屋里没有任何家具，更不用说家电了。一张土炕，一个炉子，还有一些简单的生活用品，构成了这个中国最北的一家。

从交谈中得知，老人在这里已经居住了十三年。一个人居住的日子长了，心里多多少少也觉得寂寞，于是老人养了一条狗给自己做伴。春夏之交，门口的黑龙江解冻，正是鱼汛的高峰期，老人就每天带着自己的小狗，去江边打鱼。老人在那儿下网等鱼，小狗就在周围跑跑跳跳，但每过一个或半个钟头，它总会跑回来陪老人坐会儿。夏天的夜晚，老人常常在江边席地而坐，默默地看着月亮在江面上浮动，静静地听着江水歌唱。老人打到的鱼，一部分自己吃用，一部分晒成鱼干挂起来，以备冬季换些生活用品，剩下的就用来做"交换工具"。隔几天，老人会蹬着自行车，带着自己打的鱼，到三十多里外的镇子上去换购生活用品。一来二去，那儿的人和老人也熟了，每次换给老人的东西总是又多又好，老人经常感到过意不去。到了冬天，路上积了冰雪，没有办法骑车，老人就带着自己晒的鱼干，步行三十里地到小镇上去。有时候运气好，在路上会遇到驾着爬犁的人家，他们总会热心地捎老人一段路，把他送到小镇上去。这种时候，那条小黄狗也总是跑前跑后地跟着老人，俨然一位忠诚的卫士。

就这样一年年地过去了，门前的小树变粗了，小狗也长大了，老人仍然在宽阔的黑龙江边过着近乎一成不变的生活。惟一和以前不同的是，老人有了一个小型收音机。在这尚未通上电的地方，这是老人了解外界信息的惟一渠道了。老人很宝贝这台收音机，把它擦得锃亮，每天放在怀中。老人打鱼的时候，带上这台收音机，坐在江边，一边等鱼一边收听中央人民广播电台的节目。晚上，在江边散步的时候，在江边休息的时候，直到躺在炕上的时候，老人也是开着收音机收听节目。老人还特别跟我们提到，当年北京申奥成功的消息，他就是从广播里听到的，然后他高兴得一宿没睡着。第二天一早，他就蹬着自行车去了小镇，打算买上一挂鞭炮，回来痛痛快快地放一回，可惜没有买到。但是那天小镇上的居民个个都兴高采烈，喜上眉梢，他看了也高兴，没买上鞭炮的遗憾也就这么过去了。讲到这里的时候，老人又露出了满脸的笑容，憨憨的，却给人一种说不出来的美感，让人一见即生欢喜。后来，中央人民广播电台的一位记者来这儿采访，回京后通过图强林业局负责同志，给老人寄来了一台新收音机。当老人接到那台收音机时，高兴得几天没合拢嘴。

开始，我以为老人是林区的工人，由林区安排住在这个地方的。一问才知老人是十三年前从长春一个企业退休后，只身来到这里的。接着，我又想，老人一定是有着什么不得已的理由，才会只身来到这个偏僻而落后的荒地，过这样清苦单调的生活。可是和老人一谈，我才知我想错了。

老人本是长春市人，膝下儿女们分别在吉林和内蒙古的大城市工作、生活。是什么原因让一个退了休的老人，拒绝儿女们的邀请，抛弃大城市的繁华，一个人来到黑龙江边乌苏里，过着近乎与世隔绝的隐居生活呢？

老人大概看出了我心中的疑问，笑了笑。我发现老人笑得很灿烂。就这一笑，向我说明了他对这种生活的满足和满意。

其实，后来我一直有点后悔，不该冒傻气似的问老人那些问题。记得那天快要离开老人的住处时，我冒冒失失地问老人，日子过到现在，有没有后悔当初的决定，有没有觉得一个人的生活很寂寞，很难过。话一出口，我忐忑地注视着老人，有些担心他会生气。可是老人没有流露出丝毫不悦的神情，他只是很憨厚地笑了，然后竟然带着些歉意地对我说："这我说不好，就随便说两句吧。日子好不好过，看怎么说。要说吃的用的，是肯定比不上城里边。但是要说活得自在，城里就比不上我这儿了。后不后悔嘛，还真没有想过。当时想来就来了，也没想太多。可能以后觉得可以离开了，我也就走了。也许永远不走了。反正我现在还想继续在这儿住下去。一个人想做点什么就能做到，这不是很好吗？"

"您想您的子女吗？"同行的一个朋友问。

老人沉吟片刻，说："哪有父母不想儿女的。实在想得不行的时候，我就去看看他们。"

"他们没劝您不要回来吗？"

"劝。可是，他们知道我喜欢一个人在这里生活。人，能过自己喜欢的生活，那是再好不过了。"老人说。

听了老人这一席话，我默然。这不是什么豪言壮语，既不是轰轰烈烈，也不能气壮山河，却比任何豪言壮语更来得深刻和犀利。表现了老人对生活的清醒认识，对人生的深刻感悟。这样活着的人，活得踏踏实实，活得轻轻松松，活得明明白白，让人真正发自内心地肃然起敬。

告别了老人，踏上归途。汽车行驶出好远，我从后窗望出去的时候，还能隐约看见土包上老人和黄狗的身影，一直伫立在那里。静静地伫立着，仿佛刻成一道剪影，刻在这神州北极的冰雪山川上。

我想，这一幕场景，我一生都不会忘记。我会记得，有那么一位老人，带着那么憨厚那么朴实的笑容，带着他对生活、对人生的独到的理解，默默地生活在遥远的黑龙江边。

乌苏里，一个让人难忘的地方！

乌苏里人家，一个让人思考的地方！

乌苏里老人，一个思想者的形象！

漠河雄文

踏上漠河的土地，你不能不油然而生一种豪情壮志。

这座耸立在冰天雪地中的北疆小城，处处展示着英雄本色，洋溢着阳刚之气。解读漠河，仿佛一篇雄文。

我是在三月初踏上漠河的土地的。这个时间的南国，已是花红树绿，碧草青青，春风和煦。就是北方城乡，也已冰雪消融，嫩芽待放，春意盎然。而漠河却是一片冰雪的世界。天是冰一样的冷清，地被冰冻得僵硬，房顶覆盖着厚重的冰雪，树枝上开满冰雪的花朵，就连空气都像结了一层冰，吸一口冷透心肺。置身于这种环境之中，我一下子感到结实了许多。

在黑龙江畔，矗立着一座高大的"神州北极"碑，它向人们显示着这是祖国的最北边陲。站在碑前举目北望，对面俄罗斯连绵的山川、苍茫的森林、蓝色的村落一目了然。就连村子里走动的人们的身影，都看得十分清晰。难怪江边的一排排樟子松、白桦树显得威武雄壮，精神抖擞，它们同漠河人一样，也带着一种为祖国守望北疆的神圣使命感。

黑龙江源头就坐落在漠河境内。因为是漠河的冬季，看不到奔腾咆哮、滚滚东去的江水，但是，冰封千里、一望无际的黑龙江，像一条银色巨龙腾空而起，在崇山峻岭间飞腾，显得气势磅礴。可以想象，到了冰冻融化的日子，千里江面将是多么壮观！

我们驾着车在冰冻厚重的江上奔驰。车轮在冰上滚动，在雪里挣扎，不住地打滑，随时都有翻车的可能，那种惊险、那种刺激，让人顿生一种英雄豪情。在 2003 年冬季漠河举行的首届"中国北极冬季冰雪汽车拉力赛"上，就有翻车的事情发生。据说参赛选手无不惊叹"这是一个最能考验车手水平的赛场""这是最能给予赛手激情的地方"。一些南方城市的人们和港澳同胞，在电视上看到冰上汽车拉力赛的惊心动魄的场面时，也深受感染。我站在冰冻的江上，看着不久前那些勇敢的赛车手们留下的一道道车辙，仿佛看到一只只小船在汹涌澎湃的江水上飞行。

漠河独有的大界江，给人的是横空出世之感。我不久前到过长江三峡。三峡的雄伟，三峡的险峻，三峡的奇妙，给我留下了难以磨灭的印象，而漠河的大界江同长江三峡相比，则显得更宽阔、更宏大、更壮观。江从山中穿过，山在江畔屹立，山上是苍茫的大森林。在靠近中国边境线这边的江面上，一匹大红马拉的爬犁在雪上飞速行驶，上边坐着的一个女人穿的也是一件红色上衣。皑皑白雪中，那红色上衣显得格外鲜艳夺目。如果是诗人在，一定会出口成章，吟出一首北国绝唱。

大冰雪是漠河的特色，也能够展示漠河雄性的魅力。漠河一年也有四季，但是冬季最长，有二百多天，而且是真真正正的冰天雪地。温度最低时达零下五十多度。漠河的冰像特殊材料做成的，像铁一样硬。漠河的雪也是别处看不到的，晶莹透亮。大冰雪的世界，创造了独具特色的大冰雪。而漠河人说，在大冰雪世界生活时间长了，对大冰雪有着一种特殊的情感。在这样的环境中生存，本身就需要坚韧不拔的毅力和不屈不挠的勇气。从上个世纪漠河有人烟开始，这片土地就被赋予了火热的传奇色彩。过去，漠河人靠山吃山，以生产和经营木材为生。越是到冰封雪飘的时候，越是他们最忙碌、最紧张的时候。那些伐木的汉子们，走进了冰天冻地的深山老林，用他们的勇气，用他们的力量，采伐出一批批木材，给更多的家庭带去温暖，给更多的高楼带去美丽，给更多的城市带去雄伟。1998 年，国家启动"天然林保护工程"，漠河的木材产量一下削减了很多。木材产量削减，意味着漠河人的经济来源减少。但是，漠河人拥护国家的政策，漠河人懂得生态安全的重要。他们不等不靠，开始了新的创业。他们在冰雪中搭起大棚，让过去在北疆从不生长的各种蔬菜安家落户，既开拓了新的产业，又给漠河的冬天增加了春天的生气。他们开起家庭旅社，笑迎来自四面八方的游人，让"北极冰雪游"成为一个响亮的品牌。还有一些汉子，走过冰冻厚重的黑龙江，到俄罗斯采伐木材。在漠河，到处可以看到冰雪，到处可以看到形形色色、造型各异的冰雕。那些冰雕，有的出自白发苍苍的老人之手，有的出自刚刚学步的儿童之手，创作者都把自己对人生的感悟、对大自然的挚爱，融进了冰雕之中。毫不夸张地说，冰雕构成了漠河的一大特色景观，也是漠河人展示其思想和艺术才华之地。

漠河位于大兴安岭深处。大兴安岭的原始森林，经过近四十年的开采，加上一次次大火浩劫，已不多见。在大兴安岭林区行驶，很难见到粗壮的大树和成片的古老森林，让人心中不能不留下遗憾和感叹。而漠河至今还保留着大片的原始森林。森林里的一片片古树依天而蠹，巍峨挺拔。最雄健、最壮观的要数樟子松；而最美丽、最迷人的要数白桦树了。在苍茫的林海雪原中，浑身上下红透的樟子松像强壮的汉子，身披薄纱的白桦树则像亭亭玉立的女人，相互依存，抵御严寒，携手并肩，共同成长。人走在大森林中，呼吸到的是清爽的空气，感受到的是精神倍增。尤其是在冰天雪地的大森林中行走，你不禁会对那些在冰雪中巍然屹立的树木生出崇敬之情，同时也会体验到生命的伟大。据说一些外国游客冬天到了漠河的大森林，一定要在林中搭上帐篷，体验一下生存的价值。

著名作家迟子建曾写过一个名篇《北极村童话》，美丽生动、十分感人。北极村就坐落在漠河境内的黑龙江畔。这是极具北方特色的小村子。家家庭院都是用木篱笆围起，院子里都堆着烧材。有的人家院子里养着马，有的人家院子里养着牛，还有的人家院子里搭着蔬菜大棚。有几户人家，院子里红花鲜艳。一问方知是一些塑料制品花。但是，人们从此可以发觉主人对生活的热情、对春色的向往。我们在临近江边一个叫做"中国最北人家"的饭店吃了一顿午餐。这家饭店是几间典型的东北乡村木质结构房子，里边有客厅、客房，看上去并无特别之处，但由于其优越的地理位置，加之别具一格的绿色饭菜，热情周到的服务，每天都是客人不断。据说在一些华侨和外国友人那里，这个"中国最北人家"也是颇有名气，已经成为漠河的一个品牌。

漠河被冠之以最北的地方有好多处，而且各具特色。在最北的邮电所，给亲朋好友发出一封盖有"神州北极"邮戳的信，趣味无穷；在最北的哨所前留一张影，意义深远。

漠河的历史雄伟壮观，堪称一部英雄史诗。由于冰雪期长、生存困难的原因，在远古时期，漠河像整个大兴安岭一样人烟稀少，只有少数以游猎为生的鄂伦春人。但是，漠河蕴藏着极为丰富的资源，尤其是木材和黄金贮藏量大，这些都吸引着贪婪的沙俄人的目光。于是，从19世纪初开始，沙俄人进入漠河，偷偷开采黄金。也从那个时期开始，漠河的土地上战火不断燃烧。漠河土著鄂伦春人为了保护黄金，同沙俄盗金者刀枪相见。后来，清政府也多次派兵，在漠河驱逐沙俄盗贼。名扬中外的雅克萨战役遗迹，仍在向后人们诉说着当年血与火的洗礼。再后来，清政府在北洋大臣李鸿章等的竭力促使之下，委派李金镛为漠河总办，创办漠河金矿。生在江南、长在江南的李金镛，义无反顾地踏上了漠河的土地。他和兵勇们"勘道入山，裹粮露宿"，经过了艰苦卓绝的奋斗，开办起漠河金矿。从此，沉寂千年的漠河冻土变得热火朝天，开始兴盛起来。李金镛和他的兵勇们，大都献身于漠河。至今，人们说那些深山里的樟子松，像是李金镛的兵勇们。只有英雄的樟子松，才能够抵御严寒。

漠河经历过1987年"5·6"那场史无前例的大火浩劫。所以，漠河有一座"5·6"火灾纪念馆。这里不仅记录了那场大火给漠河造成的生命和财产损失，给大兴安岭生态系统造成的严重破坏，还记录了漠河人同大兴安岭人民一道，众志成城，勇往无前，战胜大火，重建家园的英雄事迹。山在燃烧，林在燃烧，火海浓烟里，扑火英雄们前仆后继……看后，你不能不对英雄的漠河人、对漠河这座英雄的城市增加几分崇敬。

漠河，一座英雄的城市，一篇悲壮的雄文。

我离开漠河的时候，漠河又在飘雪。

夜走漠河

　　冬季的夜晚，在大兴安岭林区休息是一种享受。屋子里气温适宜，四处一片静寂，没有大城市那种喧嚣，那种嘈杂，那种躁动。几个朋友聚在一起聊天，天南海北，无所不谈，会觉得神清气爽，身心放松。

　　那天晚上，我在图强宾馆和几个朋友聊着聊着，不觉已是夜间十一点多钟，屋子里的人都觉得有点饿。于是，有人提议一同出门吃夜宵。我听了颇感惊奇。"这么晚了，还有吃夜宵的地方？"我一边走一边问。朋友神秘地笑，说要带我去一个好地方，让我好好开开眼界，省得我看不起深山老林中的这个地方。

　　图强的大街上灯火辉煌。我们坐着车，沿灯火辉煌的大街走了没多会儿，就进入了一片冰天雪地。沿线不时有路标出现在车灯前：北极泉矿泉水厂、木材加工厂、贮木场、林场……当汽车拐过一道弯，驶入另一个方向时，我看见了漠河的路标。原来是奔漠河的方向去了。这会儿去漠河，能有什么东西看，我心里颇不以为然。

　　车离漠河县城还有一段路程时，首先映入眼帘的是一片亮光，把半边天空照得光辉灿烂。这就是中国最北的县城——漠河。

　　车进漠河后，减速缓行。我知道朋友的用意，是想让我好好看看北极冰城的夜景。已经是深夜，大街上行人不多，三五个晚归的人在路上走着，偶尔有几辆车驶过。街道显得很空落，很宽阔。路边的路灯发出柔和的黄色灯光，照着路两旁挂着积雪的松树，有一种温柔祥和的气息扑面而来。

街头随处可见剔透的冰灯，与路灯下的街景交相辉映，格外的宁静和美丽。

我们的车拐上一条街。这附近大概是漠河繁华的商业区吧。临着的几条街两边都是店铺。而且此时大多数店铺都灯火通明，显见是还在营业。除了服装商店之外，这里最多的就是饭店了。大大小小，各种口味、各种风格的饭店，几乎是齐聚在这几条街道上。一路过来，除了最常见的东北家常菜馆外，还有各种川味饭店、江浙风味的饭店、粤式风味的饭店，还有几家日本料理店和韩国烧烤店。除了有饭店，在这一片，各种卡拉 OK 练歌房、茶艺馆、咖啡店之类的娱乐场所也是应有尽有。在这样一块方圆之地，人们可以逛完商店进饭店，填饱肚子紧接着就能找到合适的地方继续娱乐消遣。由此看来，漠河人在物质生活方面的条件相当优越，比起很多大城市都毫不逊色。

朋友带着我走进一家韩国烧烤店。店面不是特别大，但是装潢得很有特色，极有真正的韩国民族特色。当然，只从店的外装修是无法判断这家店的料理是否美味的，还得亲自进去尝尝。

跟着朋友推门进去，一股声浪突袭而来。首先是店员们用韩语大声地对刚进门的我们喊欢迎光临，让我们的耳朵饱受考验。然后我们才发现整个店堂都被喧哗的人声所充塞，即使是同行的两人，也得留心听才能从周围鼎沸的人声中辨别出同伴的话语。

店里面几乎是座无虚席，我们必须先等待一会儿，等有人用餐完毕离开后，才能为我们安排座位。于是我们就坐在店门处的沙发上，一边打量这家看起来颇受欢迎的饭店，一边等待服务员的通知。服务员们娴熟地端着各种菜肴在显得有些拥挤的店堂里来回穿梭。在这里用餐的人绝大多数应该都是漠河当地人。他们或者是一家三口出来"改善生活"，或者是三五好友感情交流，或者是一群同事下班后拉扯着要玩上一晚……所有人看上去都兴高采烈，一时间，店里回荡着劝酒声、笑闹声、高谈阔论声，所有声音汇集到一起，像一股欢乐的浪潮，温柔地环绕着这家小店和店里每一个人。

这时候服务生过来通知，我们的座位已经收拾好了。跟在服务员身后，我们慢慢地穿过整个店堂，来到一个靠近角落的地方坐下。在我们的附近有三桌人，看起来已经来了有一会儿了，正吃得畅快。最靠近我们的是一对情侣。两人面对面地坐着，占据了一张小桌。和周围喧闹的气氛有些不协调的是，这对小青年很安静地坐着，小声交谈着，有的时候两人同时夹菜给对方碗里放过去，然后一抬头，相视一笑，灵犀在心。稍远一点的地方，坐了一家六口人，从年龄来划分应该是爷爷、爸爸、妈妈、儿子（女婿）、儿媳（女儿），还带着一个小曾孙女，小女娃大概只有五六岁的样子，苹果样的笑脸上一笑两个酒窝，甜得不得了。他们一家坐了一张大桌，桌上满满地摆着各式各样的菜肴，居中的地方还放着一个漂亮的生日蛋糕。看样子好像是在给爷爷过生日。不过，还等不及给爷爷点上蜡烛许个愿，小曾孙女就吵吵着要吃蛋糕，一时间大人们又是哄又是劝的，闹了个不可开交。最后还是老爷爷疼爱小曾孙女，提前切开蛋糕给她吃了。小女孩儿吃得满脸奶油，惹得全家乐得不行。一阵阵的打从心底透出来的欢快笑声，让我这个旁观者听了也跟着觉得高兴。在那对小情侣的后方，坐着几个学生模样的女生男生，唧唧喳喳地又是说又是笑又是闹，就像是多少年不曾见过了，有好几箩筐的话讲不完。他们的声音比较大，有的时候即使隔着一桌人，我也能够听见他们争论的内容。不过他们的话题也真够多的，从香港明星聊到萨达姆、本·拉登，从小说、电视聊到学术论点，从林区变化讲到台湾大选，简直是天上地下五花八门，无所不包。他们那么肆无忌惮地张扬着的，是年轻的冲动和热情，是青春最明朗的颜色、最有力的翅膀。真是有些羡慕他们，那么的青春活力，那么的耀眼夺目，那么兴高采烈地享受着生活享受着生命。

我从内心喜欢这里的氛围。那么轻松，那么自在，又那么张狂，那么热烈。每个人在这里都是放松的、热烈的。在这样的氛围里，人们都会自觉或不自觉地把白天生活、工作以及学习中所遇到的种种烦恼、纠纷和挫折，紧张、疲惫和劳累，都暂时抛开，给自己一个能够尽情释放情感的空间，一个可以平复自己纷乱的思绪紧张的情绪、自我调适和自我恢复的机会，为下一个工作日储备充分的能源和动力。同时，与亲朋好友共同寻找欢乐，给彼此的生活增添色彩和音符。我想，正是这些可爱的小店，让漠河的夜晚也保持它的美丽，让勤劳智慧的漠河人生活得更加自在、更加充实。

在一个美丽的夜晚，我来到美丽的漠河，邂逅了一个美丽的小店，见识了一群快乐幸福而美丽的人们，领略了美丽的人生，然后开始期待着下一个美丽的黎明，更加美丽的开始。

中国最北人家

  漠河是中国最北的一个县。坐落在漠河的北极村是中国最北的一个村。而这个坐落在北极村最北部的黑龙江畔的人家，是当之无愧的中国最北人家。据漠河的朋友介绍，这个"中国最北人家"，已经成了一个响亮的品牌，大凡到了漠河的中外游客，几乎都是要到这个最北人家做一回客，而且对这个最北人家都会留下赞誉。久而久之，漠河传开一句话："不到最北人家，就等于没到过漠河。"

  我们是在中午到达这个最北人家的。

  这个最北人家坐落在黑龙江畔，从这家人家的大门到江边，大概只有十几米远。远远看去，这个人家并没有什么特别之处，同样是木栅栏围成的院子，房子同北极村的许多民居也没有差异，也是木质结构，只是造型有些特别，仿欧式建造。房顶覆盖着厚厚的雪，院子里也覆盖着厚厚的积雪。从大门到主屋，扫出了一条长长的过道，露出下面褐黄色的土地。木质结构的房壁上，漆着金黄色的油漆。屋顶和窗框却是湛蓝的天空的颜色，与房壁相对比，明朗悦目，清爽简洁，给人以柔和而单纯的美感。院子里没有养殖牲畜，也没有种植什么经济作物，只是有几簇粉红色的花，在雪地里鲜艳夺目。

  这几簇花引起了我的浓厚兴趣。从常理推测，在零下四五十度的严寒下，怎么会有花开放？是不是人造的塑料花呢？我原来想用手摸一摸，试一下真伪，但仔细一想又作罢了。不管这些花是真的还是人造的，毕竟都是装点一种美丽的场景。在冰天雪地里，这些绽放的花朵，营造出了美丽的效果，让到了这里的客人感受到春天的生机，同时油然而生一种暖意。

栅栏院子上挂着的一条长长的红色条幅，也给这个院子增添了生机。条幅上写着"参加冰雪汽车挑战赛，观赏神州北极好风光"一行大字。这是二月间举办的"黑龙江源头·漠河冰雪汽车挑战赛"的宣传条幅。虽然赛事已经结束很久了，但主人仍然没有将它撤下，看来是挑战赛余韵未绝，仍然能牵动这家主人的心潮起伏吧。

在面对黑龙江的墙壁上，高挂木质的匾额，上书"中国最北之家"六个大字，字体舒展从容，气度非凡，很有神韵。看来题书者在书法上是颇有造诣。朋友告诉我，这个题词出自一位著名的美籍华人书法家。由此可以看出，这位美籍华人书法家到过这里，并且动了感情。站在大门前可以清楚地看到，这个与江十几米之遥的人家，的确是中国最北的人家了。

小店的确很小。一共只有四间屋子。正中的堂屋不但是店面，还兼做餐厅。其余几间屋内都铺有火炕，可以为客人提供住宿。屋外紧邻着的就是黑龙江。现在从餐厅的窗户往外看去，可以看见一条银色的冰龙横卧在屋外，景色极为壮阔。因为没有什么障碍阻隔视线，江对岸的景致一览无余。小小的俄罗斯村庄和苍莽的森林，跟河这头中国的村镇，其实并没有太大的差别。

这家的主人商业意识很强。在大厅里摆放的几排橱子里，放着漠河当地和大兴安岭林区的特产样品，有白桦树皮做成的工艺品，有林中特产蘑菇。游客来到这里，都会买一些带走以作纪念。朋友告诉我，这家主人是位人过中年的妇女。我很想和这位女主人认识，可惜她出远门去了。

正在说笑间菜已经上上来了。并没有什么山珍海味或者高级料理之类的东西，大多是当地产的蔬菜和肉类。但是由于这里远离城市和工业，山水都没有受过污染，蔬菜是绝对的绿色食品，就连家禽家畜也都是用传统方法喂养，所以这些菜的味道显得特别清新鲜美，让人食指大动。简单、清爽而美味的菜肴，倒是和这家小店，以及整个漠河村给人的印象颇为吻合。都是很单纯，很内敛，不张扬，不虚饰，有真材实料的踏实、稳重所以美丽的特质。

大家一边吃一边聊。说起来这家饭店开业也不过三五年的时间，正好是赶着政府推广旅游的时机建起来的。当时并没有想到会有现在这么好的生意和名气，只是觉得是一个机会，可以尝试一下。结果就这么一家人努力着做起来了，然后慢慢地，因为服务质量比较好，也算是做出了名气，小小的成功了。

不过说起来，小店这么快就成名，也是托了漠河这里的地理优势。神州北极，这是几乎垄断性的旅游资源，随着辅助设施的健全，宣传力度的增大，漠河的旅游价值将越来越高涨，吸引到如织的游客是势所必然，而这里独特的自然景观、冰雪风情，纯天然无污染的山水空气，世外桃源般的田园生活、山野气息，对从都市中来，常年被钢筋水泥森林所禁锢，被各种工业污染所戕害的游客来说，有着太过巨大的吸引力。在这日益兴盛的旅游景点上开设一家兼有住宿和餐饮功能的民居式旅馆，只要店家能保证服务的质量和水准，自然是客源滚滚，人来人往，络绎不绝的了。

小店这几年经营得确实不错。除了旅游的因素外，店家热情周到的服务、厨师高明的厨技和店内整洁干净的环境也是不可忽视的重要因素。一人来过以后，觉得满意，自然会跟周围的人宣传介绍。慢慢地，一传十，十传百，小店的名声就这么传播开了。现在这个小店在国内外都享有很高的知名度。门口悬挂的那块"中国最北之家"的匾额，就是一位在此逗留过的华侨题写的。有了这个"中国最北之家"的称号，想必更能吸引人光顾，这也算得上是一种文化攻势和宣传策略吧。从现在这家旅店在游客心目中的名声和重要性已经开始接近神州北极碑，你就可以看出，这一称号给小店带来了多大的效益。据朋友介绍，店主人已经在国家专利局申请注册了"中国最北之家"的商标，享有了专利权。

我听了，深为店主的这一行为感慨。它从另一个侧面体现了这家主人思维方式的转变和商业意识的提高。他们已经想到用注册商标专用权的方法来保护自己多年来经营所得的名声，巩固并保护"中国最北之家"这一品牌的经济价值，从而保证自己的利益。由此看来，他们的观念已经比现在中国社会中很大一部分人要进步了。这不能不归功于近年来漠河大力发展旅游业，面向全中国甚至全世界，打开大门吸引四海游客的一系列举措。正是这些从四面八方闻名而来的游客，将新的思维新的观念带进漠河这原本相对落后的地方，给这里的居民们以精神上的冲击与震撼，迫使他们不得不转变观念，接受新的思想和新的事物，跟上社会的主流思潮和发展方向，并尽可能地去超越它们，成为引领这个社会的先头力量。店主人在注册"中国最北之家"的专利后，围绕着一个"北"字，全力打造品牌，不断赋予"中国最北之家"新的内容。

　　餐厅外的黑龙江仍然是冰封中，宁谧而平静。看着此刻的它，谁能够想象出春日来临，破冰而出的黑龙一泻千里，奔腾咆哮，雄壮狂肆的壮阔与激情呢？就像我们看到现在的"中国最北人家"只是一个小小的旅店，谁又能设想出十年二十年后它又是什么样呢？是维持现状，是不堪回首，还是兴旺发达一如奔涌的江水呢？我们都不知道。我们只知道，任何一棵参天大树，其最初，也不过是冬天土壤里沉寂普通的一个种子。而在严寒的冬天过去后，沉寂一冬的种子开始发芽，然后会长出枝条，伸展绿叶，开出鲜花。我们就可以从现在开始期待，期待它成长为参天大树的那一天。到那个时候，我还会再次来到这里，来瞻仰一下新的"中国最北之家"。

漠河看雪

自古以来，给予江南雨的赞歌颂词层出不穷，相对之下，给予塞北雪的少了一些，而给予北极雪的更是寥寥无几。因为北极太遥远，太荒凉，那些能写赞歌颂词的文人墨客的足迹几乎难以到那里。既然足迹没到，当然也不会留下文章了。再者，江南雨如梦如烟，意境缠绵，容易触动文人墨客的情感；而北极雪粗犷狂野，十分冷酷，容易让人望而生畏。我到了漠河，看了漠河的雪，真的有些愤愤不平了。漠河的雪，的确值得我们称颂，的确不应被我们的笔墨遗忘。

我是于江南正是花红柳绿的三月到达的漠河。一踏上漠河的土地，映入眼帘的是皑皑白雪，天地间银装素裹，苍莽一片，显得雄浑大气，气势非凡。无疑，这是真正的雪的世界。但是，这个时候，我对人们说的"到漠河去看雪"还没有深刻理解。

漠河的雪，第一次让我冲动是在黑龙江上。黑龙江是我国的第五大河流，我们在小学课本上就认识了这条江。黑龙江的源头就坐落在漠河县境内。我想象的黑龙江，奔腾咆哮，一泻千里。可是，到了江边一看，一望无际的江面全被白雪覆盖了。在阳光的照耀下，银光闪闪，晶莹剔透，成了一条名副其实的银河。也许称其白色巨龙更为贴切。这条巨龙穿过一片片苍茫的森林，飞跃中俄之间起伏的群山，给人以壮志凌云、气壮山河的感觉，胸腔中也有一种冲动。江面上的雪已结成冰，仿佛在保护着黑龙江的纯洁。那雪毫无瑕疵，一尘不染，我在江上抓了一把雪，揉成一团，雪团竟然像水晶一样洁白透亮。据说，到目前，黑龙江是惟一没有被污染的河流，也许与一年中有长达近五个月的冰雪覆盖有关吧。

多年来我一直生活在北方的一个城市里。每年冬天，我所在的城市总会下几场雪。但是，由于被工业废气充斥，从天而降的雪花，在半空之中经过"灰"染，落到地上，再一次被汽车排放的尾气污染，已经不是那么纯洁了。加之接踵而来的干燥的天气，湿滑的路面，拥堵的交通……那雪，实在让人难以感受到其原本应有的洁净与美丽。常常听到邻里或同事埋怨："怎么又下雪了！"我真担心如此下去，人们对雪的感情会越来越淡薄。而漠河的雪，却是很本质的雪，很纯洁的雪，让人看了很爱的雪，让我找到了真正的雪的感觉。

漠河的雪是有情感的雪。在黑龙江边的路上，我看到两旁的各种树上，都挂着雪。那些挂在树上的雪或一簇簇，或一团团，或一朵朵，或一片片，像绽放的花儿，风吹过时，树枝摇动，雪的花朵也摇动，像是在向人们微笑。居民的院前庭后，几乎都堆着用雪做成的人物或者动物。那些用雪做成的人物和动物，形象逼真，生动可爱，可见这里的人们对雪情有独钟。在我们行车的路旁边的雪地上，不时有马拉的爬犁经过。爬犁在雪地上轻盈地飞跑，像是一首清新的诗。风吹过时，地上的浮雪随风飘起，像云像雾又像轻纱，爬犁和爬犁上的人一片朦胧，给人的感觉真是美极了。

有一辆马拉的爬犁经过时，我看见在马的屁股下吊着一个兜子，感到非常奇怪。于是，我问同行的朋友那是做什么用的？朋友认真地回答说："那是赶爬犁的主人为了接马粪用的？"我笑了。朋友看我没弄清他话中的含义，又解释说："主人不单纯是为了接一点马粪，更主要的是为了保护雪地的纯洁。"这一回，我默然了。赶爬犁的人的这一举动，无疑表现了他对雪的真情实感，体现了他与雪的深厚感情。其实，雪本来是人类的伙伴。著名歌唱艺术家殷秀梅的《我爱你，塞北的雪》中，有两句话形象地表达了雪的特征："你是春雨的亲姐妹，你是春天派出的使节。"在漠河人心目中，雪是这片土地的灵魂。可以想象，如果漠河没有雪，或者雪也被污染，漠河会是一种什么样的景象。只有拥有雪一样境界的人，才能与雪情深意浓。

漠河雪的境界也令人感叹不已。当我们从车上下来，站在空旷的雪地上，呼吸着清冷而新鲜的空气，立刻觉得神清气爽，多日里车马劳顿的疲愆一扫而空。举目四望，眼前景色可谓美不胜收。浓云散开，露出清澈透亮、泛着淡淡湖蓝色的天空。新鲜的日光洒在广袤的雪地上，落叶松的翠色与莹白的雪色相映衬，光华流动，色彩斑斓，竟似要发出光来，亮得耀眼。让人情不自禁地发出"此景只应天上有"的感叹。

真是无法言表的美丽。无论是雪、天空，还是空气，都是超乎想象的清澈和干净。尤其让我的心灵深为震撼的，是漠河雪的境界和漠河人的境界。

漠河位于中国最北部，大兴安岭的深处。境内河流纵横，森林苍茫，由于一年中有长达五个月的冰雪天气，所以是地地道道的林海雪原。漠河县境内的一个个小镇、村庄，零星分布于大兴安岭的群山之间。镇子大多只有几十户人家，有的村庄只有几户人家。这些镇子、村庄远离城市的喧嚣，没有繁华的街景和拥挤的人群，没有高耸的楼群和川流的汽车，当然也就没有冒着浓烟的烟囱和流淌着黑水的排污管道。这里的人们大半辈子都待在深山里，与自然和谐地共处，平凡而踏实地走完一生。他们中有很多人只是从电视里看到过城市的灯红酒绿，流光溢彩，纸醉金迷，有的一辈子也没出过山。也许他们的生活过于平凡和单调，也许他们将与很多现代工业产品甚至是"现代"本身擦肩而过，但是他们拥有最湛蓝的天空、最苍翠的森林、最清新的空气、最洁白的雪、最健康的身体和最质朴的幸福。

这里大概是中国大地上最后几片没有被现代工业污染的土地了，站在漠河洁白的雪地上，我由衷地这样想。不知道同行的朋友们如何看，我是非常羡慕大兴安岭山中的居民。这并不是矫情。如果你和我一样是来自遥远的都市，久不见青山绿水蓝天白云，如果你也一样踏上大兴安岭的土地，呼吸到这儿透亮的空气，我相信，你也会有相逢恨晚的悒悒，和流连不去的难舍难分。

然后，也许你也会和我有同样的疑惑。同在中国的大地上，为何我们的居住地的自然环境，竟有如此的天渊之别？繁华和污染并存的现代工业城市与淳朴宁静的山间小镇，这二者孰优孰劣，在此我不想妄加评论。我只是很感叹，从什么时候开始，我们居然对灰色的雪、灰色的天空和"灰色"的空气都习以为常了呢？从什么时候起，我们开始在发展的大旗下，默许那些破坏环境、祸及子孙的行为继续存在，并将其视为合理呢？

近年来，自然环境的恶化，已经到了让人触目惊心的地步。

由于无节制地乱砍滥伐，长江等主要河流上游及支流流域植被破坏严重，造成山体裸露、地表风化和大面积的水土流失。于是，当遭遇 1998 年异常的超长时间降水时，一场席卷了大半个中国的洪水不可逆转地爆发了。长江沿岸的田野、山乡、城市和人家转瞬之间淹没在滔天的黄水里，数不清的人流离失所，同样数不清的人在洪水中失去生命。

2002 年，孕育了灿烂辉煌的华夏文化，养育了勤劳勇敢的中华民族，对所有中国人都有着非凡意义的母亲河——黄河断流了。黄色的泥沙淤积在河床上，慢慢地变干龟裂。同时干枯的还有两岸的庄稼。

在黄土高原上，又有一个村子的水井枯了。全村几十户人家没有了饮水，地里的庄稼也日渐地蔫萎。为了挑水，人们需要走上几里甚至几十里的路，可是最后也只能得到浑浊的黄水。放一晚上，沉淀出半桶的泥沙。

中国西北地区，一片片过去肥沃的土地不断地被沙漠所侵蚀。到处是漫漫黄沙。没有水，无法种植庄稼，只有骆驼草和胡杨干瘦的枝条显示着这片土地还保存着一丝生机。春秋两季，狂风肆虐，卷起漫天沙尘，遮天蔽日，让整个西北和大半个华北在狂风中颤抖。其中，就有我们繁华而现代的首都北京。

林立的烟囱、成吨的废水、轰鸣的汽车马达和阵阵的汽车尾气、只剩下木桩的森林、被浓稠的原油覆盖的海面、不断沙化的土地、干涸的河床、泛滥的洪水、以惊人的速度锐减的物种……这就是我们生息繁衍的家园，这就是在我们手中变得满目疮痍的自然。想象一下，几百年后，我们的子孙们只能捧着书本，从图片上去认识蓝天白云青山绿水。从他们的窗户望出去，黑色的天空黑色的水，地上只剩一片尘沙。那是何等可怕的场景，那是怎样的一个噩梦，那是多么沉重的罪孽，你我都无力承担。

这或许有一些夸张，但绝对不是杞人忧天。

"不违农时，谷不可胜食也；数罟不入洿池，鱼鳖不可胜食也；斧斤以时入山林，材木不可胜用也。"这种千百年前的古人都能够明了的道理，为什么到了科学昌明、经济发达的现在，自诩为文明的我们，反而不懂得休养生息，与自然和谐共处的重要性了呢。

那些经年累月地在竭泽而渔、焚林而猎的人，他们究竟是不知这其中的利害所以肆无忌惮呢？还是有恃无恐、明知故犯，一味惟利是图呢？个中根由着实让人费解。

朋友，到漠河来看雪吧！漠河的雪会给你启迪。

北方有条胭脂沟

　　在我们这个拥有五千多年文明史的华夏古国，几乎每一片土地都发生过美丽动人或者悲伤感人的故事。而大凡是和女人有牵连的故事，更是悲与欢、生与死、情与仇、爱与恨相织，轰轰烈烈，惊天动地。不知你是否注意到，那些发生与女人相关的古老故事的地方，在当时那个朝代或者说那个时期，又都是比较繁荣昌盛的地方。南京的秦淮河可以说是一个典型。十里秦淮河，十里灯红酒绿，飘着多少女人的悲欢故事，有的被搬上了舞台、电视荧屏，至今仍在华夏大地广为流传。著名的有明末秦淮名妓李香君与被称为"归德才子"的侯方域。二人的故事曾被改编为电影《桃花扇》。而位于中国最北极的漠河的胭脂沟，尽管没有秦淮河名声大，但也堪称又一个典型。

　　漠河位于中国最北端，从远古有大兴安岭时期起，就有了漠河。所以，漠河的历史悠远。漠河境内有举世闻名的黑龙江，有气势恢宏的大界江，有世上罕见的大冰雪，还有苍茫无际的大森林。由于漠河地处中国北极，一年之中冬季达七八个月，属于高寒地区，人烟稀少。古时只有少数以游猎为生的鄂伦春人。而漠河的胭脂沟，原来是漠河境内阿木尔河的一个小支流，被当地人称为老沟。千百年来，这条小河默默地流着，两岸尽是荒凉的山、荒凉的林、荒凉的田。如果不是当地的土著人鄂伦春人发现了老沟里埋藏着黄金，也许这条老沟还会世世代代默默无闻。当我站在这条老沟前，突然想到，如果老沟能够向世人表达它的思想感情，它一定会向人类诉说，宁可永远默默无闻，也不想遍体鳞伤。是的。漠河境内有大大小小河流数以百计，像老沟这样载入史册的不多，像老沟这样体无完肤的也不多。

史书记载，到了19世纪后期，鄂伦春游猎人在老沟发现了黄金。这条老沟的身价顷刻之间上涨了百倍。老沟也从此有了一个新的名字，叫老金沟。顾名思义，老金沟就是有黄金的沟。至于为什么叫胭脂沟，有两种说法，各有道理，不妨都留存于此，一一探讨。

有一种比较流行的说法是：胭脂沟的名字为清代皇太后慈禧所赐。

传说老金沟发现黄金后，淘金者蜂拥而至，尤其是与漠河一江之隔的沙俄强盗，更是越过江界而来，在这里盗采了大量的黄金。沙俄人把在漠河盗采的黄金用于与西方国家的商人交换商品。西方国家的商人对出自漠河的黄金进行了检验，证明其纯度很高，世上罕见。

于是，漠河黄金不胫而走，扬名五洲四海。而黄金散发出的诱惑力是惊人的。此后，不少人不畏严寒，也无视这里恶劣的生存条件，冒死来到了这里，疯狂地盗采黄金。沙俄强盗尤其疯狂，不断得寸进尺，扩大地盘，把一桶桶黄金盗为己有。当地的土著人为了保护黄金，同俄罗斯人多次交战。清政府也曾动用武力驱赶，老金沟因此而变得血雨腥风，但枪林弹雨仍然阻挡不了盗采者的步伐，尽管已经有人葬身深山，但是后来者还是前仆后继，一往无前。

1894年，清政府采纳北洋大臣李鸿章和张之洞的建议，委派原沈阳候补道李金镛任漠河总办，赴漠河老沟创办了当时中国的最大的一个金矿——漠河金矿。李金镛开办金矿后，每年都要向朝中进贡黄金。而清政府那时已是十分腐败。虽然漠河金矿送上不少黄金，但经过各级官吏们的层层克扣，到了朝中，只剩下能为慈禧和后宫换点胭脂用的了。但是这却使在国疲民穷之时仍然不忘穷奢极欲的清末统治者欣喜若狂。慈禧太后因为漠河金矿生产的黄金能满足后宫之用，高兴之余，于是赐名漠河老沟为胭脂沟。

对于这一种说法，不少人比较信服。也许有朝廷的恩赐，身份就明、身价就高。直到现在，国人中这种观念依旧根深蒂固。一些企业，热衷于找领导人题词，好像有了领导的墨迹，企业就可以身价百倍。就是一些大大小小的饭店，也喜欢挂上本店经理或者厨师与某某领导合影的照片，仿佛有了这样的合影，饭菜味道就更美。但是，我对胭脂沟来历的这一种说法存有怀疑。其实，这是对老金沟的蔑视之意。你想，朝中既委了官，又派了兵，到头来只能收到点胭脂钱的黄金，岂有不蔑视之理。

还有一种说法是：从老沟发现了黄金，沙俄强盗就开始染指。沙俄人带来了一些妓女。后来，李金镛受命开办漠河金矿，所带的兵勇和采金工人，大都是一些被清政府判了死刑的囚犯。为了让他们能够在气候高寒、环境恶劣的漠河驻扎，李也从一些城市选了一批妓女。俄罗斯、日本、朝鲜半岛和中国北方一些大城市的职业妓女也纷至沓来。据史料记载，漠河老金沟在开采鼎盛时期，工人近万人，妓院最多时有三十多家，拥有千名妓女。胭脂沟内可谓妓院林立，因此而名副其实地沾上了脂粉气。

黄金、脂粉总是无法分割的。在统治者的眼里，胭脂沟是用来换取脂粉的宝库，但是对于胭脂沟的人来说，这是一条充满了悲欢离合、爱恨情仇，但又生活得实实在在的生命之沟。那些随着李金镛来的死囚，还有大量的冒险家，几乎都是孤身一人到老沟来。有的死囚自知老沟是其生命的终点，妓女的到来，在很大的程度上给他们带来了精神的慰藉和生理的满足。可以想见，当年的胭脂沟夜夜笙箫的场景，一个个背井离乡的男人在苍茫的暮色之中，抬头四顾，只能看到黑乎乎的森林的影子和胭脂沟旁闪烁的灯火，孤独、疲惫的男人们只能到妓女那里寻找安慰。

畸形的生活必然会催生畸形的情感和社会文化，当年发生在胭脂沟的情感故事已经无法考证。但是可以肯定，在这里，离合是避免不了的，生死也是避免不了的，人与人之间的感情的千变万化也是避免不了的。所以，爱恨情仇，悲欢离合的故事肯定在这里不断演绎。令人深感遗憾的是，胭脂沟的妓女里没有李香君那样国色天香、技压群芳的一代佳人，而胭脂沟的男人里也没有大文学家侯方域那样的才子，因此，胭脂沟里没有产生秦淮河畔那种流传千古的男人与女人的悲欢离合、生生死死的爱情故事。但是，胭脂沟的妓女在这里并没有受到歧视，这从史料中可以看出来。相反，矿工或者士兵们是非常尊重妓女的。沿沟的胭脂粉楼是他们精神的栖息之地，这些矿工和士兵们比世俗中的人多一份真挚，多一份质朴；这里的妓女们也比山外烟花之地的妓女们少一份势利，少一份世俗。在艰苦卓绝的生存环境中，矿工、士兵与妓女之间的人性化的关怀得到了最好的体现，他们之间已经不完全是一种交易，而是一种建立在生存基础上的生命支撑。生活在这里的妓女们，生前得到了大家的宠爱，死后受到了男人们的尊重，她们被集中埋葬在妓女坟中，四时都会有人祭奠。相对来说，她们少了一份沉重的感情负担，活得真实而轻松。

与秦淮河的妓女们相比，胭脂沟的妓女们少了一份才气与灵气，但多了一份真诚与质朴。与一般的青楼女子相比，胭脂沟的妓女们则多了一种内涵。这种内涵酝酿了胭脂沟文化，这种文化中闪光的就是人性。

今天，当我们踏上胭脂沟两侧的水泥路时，已经很难找到当年的胭脂沟的影子了。只不过在老乡中间，有关胭脂沟的故事还是有所流传。也许再过几十年或者几百年，这种流传会比今天更少甚至完全消失。

但是，随着时间的推移，将会有越来越多的人同我一样，宁愿相信关于胭脂沟的第二种传说。

北陲哨兵

我们从"中国最北人家"出来后，沿着黑龙江边的公路驱车前往边防哨所，作一次短暂的参观访问。

哨所建在黑龙江边，离北极村特别近。在几百米外，就是当地的集市，正逢赶场的日子，集市上人来人往，热闹非常。

比起周边那一座座色彩艳丽、式样繁多的建筑，哨所清一色的金黄色显得有些单调，比起附近集市的繁华喧嚣，哨所又显得有些冷清。然而，哨所的威严、哨所的正气、哨所的雄壮、哨所的坚强，透过哨所高高的瞭望塔上庄严的"八一"军徽，以及哨所前鲜艳的五星红旗，像光一样迸发出来，让人油然而生一种自豪感和安全感。正是因为有了安全感和自豪感，北极村的人们才安居乐业，漠河才呈现出繁荣景象。

哨所的瞭望塔沿江而立，依天而矗，气势恢宏。毕竟是严寒季节，瞭望塔上的风一定更强劲更凛冽，寒流也一定更嚣张更残忍。但是，我们看到的站在瞭望塔上的值勤哨兵，却精神抖擞，十分英武，仿佛大兴安岭上的樟松，让人从心中生出敬意。朋友拉我在哨所前留影时，我犹豫了一下，拒绝了。我不想让那座高大、威严的瞭望塔和神圣、威武的哨兵当做我的背景。与之相比，我觉得自己显得太渺小。

站在高高的塔顶，俯看黑龙江，冰封的黑龙江如一条长龙在蓝色的崇山峻岭间蜿蜒起伏，仿佛一条欲腾空而起的银色巨龙，两岸一望无际的林海雪原，以及炊烟飘荡的村庄，犹如一幅精心描绘的图画，让人如醉如痴。

这样波澜壮阔的景色，在其他地方是很难见到的。

突然，一片黑色的山林出现在我的眼底，我马上就想到来的路上，曾经见到的1987年"5·6"大火留下的焦土和乌黑的树桩，由此又想到大兴安岭不断递减的植被覆盖率，想到由于水土流失严重而爆发百年不遇特大洪水的黑龙江、松花江和嫩江，不由得心生感慨。需要花多少时间，我们才能将大兴安岭受到的伤害——弥补完成呢，以后我们又应该如何积极有效地保护大兴安岭的植被，保护这里的生态环境呢，这是我们每一个关心大兴安岭、关心东北、华北乃至整个中华民族的人都应该积极思索的。

从哨所出来，正好看到几位战士驾着雪上巡逻车回来了。这种巡逻车造型和构造都很独特，近似于雪橇，只是不是用人力而是用内燃机驱动而已。平滑的双轨，使得它可以顺利地在雪地和冰面上行驶，可以说是最合适在冬天的大兴安岭使用的交通工具之一了。朋友见之心喜，频频要求试一把。在战士们的指点下，他跨上巡逻车，发动马达，准备出发。可惜技术不到家，无论他如何努力，巡逻车始终无法正常行驶，不停在原地转动，就是不往前进。无奈，他只好放弃了。看着换班的战士骑着巡逻车在江面上飞驰而去，也只得望车兴叹了。想起之前听朋友说起过，过去这里哨所巡逻都是靠骑着马在江面上来回奔走穿行，对比一下现在这先进的巡逻车，不得不感叹这十多年来我们的国防力量也有了很大的发展。

离开哨所，我们又来到军营。让我惊叹不已的是，在北疆边陲竟然有这样一座现代化的军营。军营的院子很大，也很整洁，几乎一尘不染。士兵的宿舍空间相当高，采光很好，通透而明亮，电脑、电视、健身器材等各种设施相当齐全。一层的食堂，空间极其开阔，窗明几净，桌椅摆放得甚为整齐，光线照上去，亮亮的一片。一位地方领导告诉我，现在战士们每日三餐的原料，除了调味品是采购回来的，其余所有蔬菜和肉类都是他们自己生产的。部队的战士来自四面八方，各种各样的人才也应有尽有，业余时间，战士们自己动手，种菜种粮。部队的蔬菜大棚里面，大江南北、长城内外常见的蔬菜、瓜果都前来落户，就是寒冬时节，大棚里也是绿意浓郁，蔬菜鲜嫩。部队和地方开展军民共建活动，不少战士帮助老乡种植大棚菜，让当地居民不仅在冬季能吃到新鲜的蔬菜，还改善了当地产业结构，增加了群众的收入。炊事班的战士们养了二三十头大肥猪和鸡鸭等家禽，保证了部队的肉食品供应。哨所现在在物资上已经基本实现了自给自足。

　　营房里还辟有军营文化场地，壁报上贴满了战士们的作品，有诗歌、散文、绘画、书法、摄影……看得出每一幅作品都花了很多心思，倾注了战士们的心血和激情，真实而深刻地反映了他们的思想和精神。在军史陈列室里，展示着哨所的历史和曾经获得过的各种荣誉。里面有翔实的文字资料和图片资料，经过精心的组织和布置，每一个环节，每一件大小事情都有合适的介绍，看完之后，能够对哨所自成立以来的历史有一个比较全面的了解，对士兵们的英勇坚忍有更深刻的认识。其中有好几幅照片令我们印象深刻：一些是在"5·6"特大森林火灾中，哨所官兵们支援抢险，与接天的大火奋勇搏斗的壮烈场景；另一些是1998年黑龙江发生特大洪水时，官兵们驾着冲锋舟在江中巡逻、救助遇险人员的英勇画面。那都是在拿性命搏斗啊！你让我们怎么能够不称呼他们为最可爱的人呢？他们是如此的善良勇敢，为了国家和人民的利益，甘愿奉献他们的青春、热血和生命啊！所以，当我们在陈列室的其中一面墙上，看到悬挂了满满一墙的各级领导给哨所的题词祝愿时，没有一个人感到惊讶和诧异。这里的每一幅题词，都表达了党和政府对这些驻守在我国北疆的英雄儿女们的浓厚感情和深深谢意。每一幅都是发自内心的赞美，都是最真诚的祝愿。没有人会因此而不平，没有人有资格去嫉妒他们。因为，他们比谁都有资格得到这些祝愿，他们配得上任何赞誉和奖赏。

　　为了保证下午的行程，我们不得不在下午接近四点左右的时候离开了哨所，没有能够留在那里和战士们一起共用晚餐，品尝他们自产自销的美味佳肴。不过我已经接受了他们的邀请，在将来可能的时候，再次到这里参观。我想，那时候的哨所，一定又和今天大不一样了。可能惟一不会改变的，是那些边防战士的崇高精神，那种善良勇敢、为国为民不怕苦不怕累不怕牺牲的精神。我深深地祝福他们，祝福这些最可爱的人。

冰雪覆盖的黑龙江

  山不在高，有仙则名；水不在深，有龙则灵。这是国人浪漫的天性，超凡的想象力。千百年来，国人总是习惯于把周围的山山水水与虚无缥缈的神仙鬼怪牵连在一起，仿佛不如此不足以证明山的雄伟，水的美丽。久而久之，在国人的观念里，形成了这么一个模式：没有神仙的山，不是真正意义上的山；没有蛟龙的水，称不上秀水。因而，在辽阔的国土上，随便一座山包都有一段关于神仙的传说，随便一条河流都仿佛孕育过蛟龙。

  对国人而言，龙是一个很特殊的存在。它强大而神威，举动即可祸福一方。它的身上倾注了中国人千百年来对力量的追求和向往，它的一举一动都折射出芸芸众生的行止，它是中国人的图腾，是中国人鲜活滚烫的生命的象征。

  因此，每一个看似单纯的龙的故事，其背后都隐含着一个人的故事。那是那一片山乡的人们的故事，平凡，单纯，而伟大。

  到黑龙江之前，我就知道了黑龙江的传说。

  黑水里的龙，没有显赫的威名和凛然的美丽，它是一条被人类舅父砍秃了尾巴的衰龙，自称秃尾巴老李。它由人类所孕育，却又被大多数人类所恐惧、厌弃和伤害。然而它并没有像任何传说中的龙神一样，以惩罚这一干冒犯它威严的民众来彰显它的神力，它选择了悄然离开。它从山东老家乘着云雾一直去到东海，栖息在烟波浩渺的东海里。可是，它并没有就此放弃伤害了它的人类们。当它听到遥远的北方，万物生灵在一条恶龙的淫威之下悲泣，它义无反顾地离开了东海，来到这个陌生的地方，与白龙殊死一战，终于为这方土地上苦难的生命们扫除了邪恶，带来了和平和生机。然后，秃尾巴老李留在了这里，白龙江也改名为黑龙江。

这是关于黑龙江的一个动人心魄的故事。

从山东远道而来的秃尾巴老李，解救了被邪恶的白龙统治的生灵；从山东乃至更远的地方来的人，与常年挣扎在这条黑水边的土著人一起拼搏奋斗，战胜自然，战胜外敌，战胜自我，最终营造出大兴安岭如今这一片乐土。

这也是传说，但事实上，黑龙江土地上，有来自四面八方的人，而山东的人最多。有人说在那个地区，遇到的三个人中，必有一个是山东人。

在中国的版图上，黑龙江蜿蜒成一条细长的银线，完美地勾勒出雄鸡的鸡冠与颈项。仅仅略短于黄河的长度使它成为我国第三大河，世界第八大河。在遥远的北国，黑龙江一路游走，流过俄罗斯、蒙古和我国。黑龙江是我国与俄罗斯的界河，也是现在世界上惟一一条未被污染的界河。它微黑的河水，清澈透亮，一路闪烁着流过了整个大兴安岭。黑龙江有两个主要源头，南源是额尔古纳河，它发源于大兴安岭西侧，分为两支，其中源于大兴安岭西坡的海拉尔河最长；北源是石勒喀河，它发源于蒙古人民共和国境内的肯特山麓。南北两源在洛古河村以西八公里处汇合，形成一个丫字形的交汇口，那就是黑龙的龙头。

黑龙江很早就在中国的历史上镌刻下自己的符号。在《山海经》里，有"西望幽都之山，洛水出焉"的记载；在《北史》中，它叫做完水，"乌洛侯国西北有完水，北流合于难水"；直到金代，它才真正开始被称为黑龙江。

黑水流过大兴安岭，中华先民们自古在此生息繁衍。早在远古三万年前，这片土地上就留下人类的足迹。从先秦时期开始，鲜卑族、达斡尔族、鄂伦春族、鄂温克族还有赫哲族的人们，就在大兴安岭这贫瘠而又富饶的土地上过着畜牧迁徙、射猎为业的生活。东汉拓边，唐廷开明，金代繁华，元朝大统，明初鼎盛，晚清败落，民国动荡，上千年的物换星移，朝代更迭，人事变迁，只有黑河水一如既往地流淌。

古老的黑龙，强大的黑龙，奔涌的黑龙，澎湃的黑龙，是它见证了中国的起落兴衰，见证了大兴安岭的宁静和纷争，见证了大兴安岭儿女们慷慨悲壮的奋斗史。是它千百年如一日地给大兴安岭带来肥沃的泥土，为它的儿女们灌溉沿岸的林木庄稼，提供肥美的鱼虾。是它一直默默地守护美丽的大兴安岭，守护生活在这里的善良、勇敢、不屈不挠的各族人民。绵长的黑河水啊，有了你，大兴安岭才有了生机和希望。

黑龙江，是我心底一个特殊的情结。

很早我就听过秃尾巴老李的故事，那是一个生机勃勃的故事，满篇洋溢着肆无忌惮的生命，洋溢着中华民族几千年的热血和梦想。我被那些朴实而不加雕琢的词句所迸发出来的激情和热血所深深打动。从那时候起，我就期待着能够去到黑龙江，与这一江豪迈热切的黑水近距离地对话。过去的日子里，我曾经几度与它失之交臂，使我万分遗憾；这次终于能够成行，却又让我难以抑制地紧张。一路上，我的心脏在胸腔里怦怦地跳动，就像我脑海中奔腾咆哮的黑龙江一样，激情万丈。

于是，到了江边，看到被皑皑白雪和厚厚冰层封住的沉静宁谧的黑龙江的时候，我是有些诧异的。厚厚的白雪掩盖了天与地的分界线，放眼望去，只见莹白一片，看不见滔天的浪头，也听不到震耳欲聋的水声。江边几棵树，披戴着满身冰雪，被微微的日光映着，晶莹剔透的树挂显得益发的莹亮，格外美丽。此时的黑龙江，美丽、安静，一如温柔的女性，静静地沉默着，连微笑都是淡淡的。

同行的友人告诉我，现在是黑龙江的封冻期，从每年11月中旬到来年的4月，黑龙江都被冰层覆盖着，我想象中的景象，只有等到来年5月，冰封期完全过去才能够看到。

你来得不巧了，看不到它汹涌澎湃的丰姿。友人如是说。

我笑笑，这倒不见得。

世间万物生息繁衍，都有个规律在其中。潮起潮落，月盈月缺，四时更迭，万物荣枯，莫不如此。任何的生机勃勃，激昂澎湃，都离不开适时地宁神敛气，休养生息。强大的黑龙，也不能例外。所以，每年的11月到来年的4月，它一定要休眠。在这5个月里，它一直睡啊睡啊，好好地休息，弥补它这一年的辛苦和疲倦。在它沉睡的同时，人们也开始养精蓄锐，蓄势待发。等到下一个春暖花开的季节，黑水的龙神会醒过来。它哗啦啦地一抖身子，冻了一整个冬天的冰就都裂开了，带着整整一个冬天蓄积起来的能量，强健的黑龙又开始了新一轮的奔腾。它的咆哮声唤起了这片土地上所有的生灵，山变青，树吐芽，水里翻滚跳荡着数不清的鱼虾。春耕、春渔，这是一年中最忙碌的时节。大兴安岭的人们也动起来了，山林里，田野间，江面上，到处都看得到他们忙碌的身影。黑龙江又展示出它的淳朴、豪迈、坚强、自信、伟大。

在冰雪覆盖的黑龙江边，我突然想起看过的一个资料，上边说，目前全中国乃至全世界，只有黑龙江是惟一没有被污染过的界河。如果不是长达一百多天的冰雪覆盖，这个奇迹能产生吗？所以，我理解了江水与冰雪的关系。我更敬佩那纯洁的冰雪。冬季，冰雪像母亲一样，呵护着黑龙江，让它安静地休养。到了春季，冰雪化作水，汇入黑龙江。这是多么无私的胸怀，多么高尚的情操。如果说黑龙江的水有灵性，首先是覆盖在黑龙江上的冰雪有灵性。

到了美丽的 4 月，一切都焕然一新，一切都生机勃勃。汹涌的，不仅仅是解封的黑龙江水，更是这片热土上鲜活滚烫的生命，所有从上一个冬天起就开始期待的、崭新的生命。眼前这片宁静的冰雪，这条沉睡的黑龙，在它的体内，正悄悄孕育着下一个春天，下一次兴旺和勃发。宁静而安详，这正是母亲的力量所在啊。我看到了黑龙江另一张美丽的面孔，我看到了生命力另一种形式的表达，这是我的荣幸和福气，我是来得巧啊。

从江边离开的时候，友人告诉我，在我们刚才驻足的冰面上，刚刚举行过首届"中国北极漠河·黑龙江源头冰雪汽车挑战赛"。听后，我无法抑止住激动和欣喜。那是怎样的一场盛会啊，那是怎样壮丽豪迈的风景。大兴安岭人民的激情与活力，将在这个冬天，绽放出最艳丽的风景。

古老的黑龙，你也将一同体会吧，那寒冬勃发的激情和鼓荡的生命。

妓女坟

在北国漠河被称为胭脂沟的地方，有一片妓女坟。漠河的朋友告诉我，很多到漠河来的游客尤其是文化界人士，到那里看了以后，都会产生一些想法。

妓女，是一个非正当的职业。在中国这个分外强调妇女道德的国家，妓女的地位是相当低下、甚至为人所不齿的。妓女的存在就如天上浮云，风过不留痕。然而，就是这些被人们另眼相看的奇异女子，在中国历史上扮演了非常特殊的角色。无论是才子文章、文人墨宝，还是民间传奇、稗官野史，甚至是身处高高庙堂之上、俨然而立的史官们的笔下，她们浅浅的背影随处可见。这些柔弱女子用纤长的眉黛、浅淡的胭脂，铺陈出一段泛着香气的历史，一种独属于她们自己的文化。

中国的历史很长。很多事情，常常就这样被人们遗忘了。无论在其发生时，是多么的轰轰烈烈、惊天动地，千百年下来，也只有书中寥寥几笔的记载。更何况，还有许多未能经由文字流传下来的人和事。当年再怎么千娇百媚，一曲红绡不知数的名妓，也不过是至多于纸上留几段艳史而已。怕是连尸骨都找不到了。如今，我所知道的妓女墓，为数不多。一个是杭州西子湖畔的苏小小墓，一个是河南商丘的李香君墓，再一个就是位于我国北极漠河胭脂沟的妓女坟。

苏小小自然是天下闻名。她的一生几乎就是一部跌宕起伏的戏剧。她美丽聪慧，艳名四播。她又很多情。她救助了一个落难的书生，然后爱上了他，还为他写下"妾乘油壁车，郎骑青骢马。何处结同心，西陵松柏下"的诗句，她资助书生上京赴考，书生一去不回，她只付之一笑。最后，她在二十三岁的花样年华时辞世，留下一段美好得近乎梦幻的故事供后人追思。她倾倒了所有人，以至于在百余年后，还有两位著名的诗人为她写下诗篇。这两个诗人，一个是白居易，一个是李贺。李香君与豫东才子侯方域的故事，也是传颂了数百年，并被后人改编为电影《桃花扇》。我在河南商丘工作时，曾陪客人去看过李香君墓。记得当地一位研究历史的文化人，还声情并茂地向我们讲述了侯方域与李香君的爱情故事。当地的有关招商引资的画册上，也赫然印着李香君墓。

苏小小也好，李香君也好，她们太遥远也太美好，像一个故事，一个童话。是甜的，但不是真的。就像她们的墓，现在是供人瞻仰的名胜古迹，是风景，而不是供人哀悼、怀念的墓地。

胭脂沟的妓女坟就不一样了。那是一块真正的墓地，那里埋葬着几百个连姓名出生都不可考的烟花女子。她们没有留下多少牵扯人心的故事。但是，每年清明时节，墓地四周都有人摆放祭品和香火。

妓女坟在漠河的胭脂沟。有了出金子的胭脂沟，才会有一大群淘金汉子蜂拥而来。而有了一大群淘金汉子，才有纷至沓来的妓女。毫无疑问，这些女子，也是来淘金的，只不过淘的是男人们口袋里的金钱。所以，没有胭脂沟，就没有妓女坟，没有妓女坟，胭脂沟也就不成其为胭脂沟了。这二者，本就是互为表里，相互关联的。自然，到了胭脂沟，你就不能不去妓女坟，不能不去收埋了那些伶仃女子香魂艳骨的地方，去嗅一嗅冷风中是否还残余着她们的胭脂香。

我到胭脂沟的时候，天还下着雪。车开到一片立着几棵干瘦的树木和丛生杂草的野地里，随行的人告诉我，这里就是妓女坟了。据说，以前人们认为妓女坟是在另外一个地方，直到有一天在这片荒地上刨土的人，刨出了许多白骨，经考古学家证实，那是一些年轻女子的白骨，人们才知道这块不起眼的荒地，就是那群薄命的胭脂女们最后的归宿。

站在雪地里，风呼啸着卷起一地的雪，落光了叶子的树枝在寒风中颤抖。这里是中国的北极，一年大半的时间被风雪所笼罩。即使是现在，这里的冬天也不是那么轻松就可以度过的。在这远离繁华和喧嚣的山沟里，除了雪和树，看不到其他东西。当年那帮淘金汉子们，白昼里淘金，到了长夜里，蜷缩在被窝里的时候，都在想些什么呢？长时间封闭的生活，单调、乏味，会消磨人的意志，甚至会摧毁他们的神经。不知道是不是出于这样的考虑，管理胭脂沟金矿的朝廷命官李金镛，才会花重金专程到各地招募妓女进驻胭脂沟，从这一点看，胭脂沟的妓女，多少带上了"官妓"的色彩。似乎可以这么说，这群浩浩荡荡开赴胭脂沟的女子，除了她们原本的职业外，又多了一重身份，一道背景。

所以，本就让人心情复杂的中国妓女，在胭脂沟就有了更特殊的身份。据记载，当时这批女子在胭脂沟的地位，是很超然的。她们是被捧着生活的。在胭脂沟的日子，也许是这些离乡背井的女子们最被人看重和体贴、难得地接近幸福的岁月。

这样来形容这批妓女的生活状态，也许很难让人接受。因为无论从道德还是人性上来看，这都是一种很不正常的状态。说得严重一些，那样的生活，那些矿工和李金镛等人的所作所为，其实是对她们尊严的践踏，对她们人格的侮辱，对道德人伦的背弃和颠覆。那应该是一种痛苦，如何能够说是接近幸福？

的确，妓女是一个可悲的群体。从某种意义上说，她们是男权社会最可怜的牺牲品。这些女子，她们本该和其他女子一样，在父母的庇佑下长大，然后结婚、生子，过着平凡而幸福的生活。但是，由于种种原因，她们不得不放弃了这样的权利，走上另外一条道路。但这怪不得她们。她们太弱小了，在强者面前，她们毫无反抗的余地。被利用、被歧视、被辱骂，她们中的大部分人，就这样凄凉地走完一生。她们细瘦的足迹过处，斑斑点点，尽是血泪。她们的悲泣和伤心，在浩瀚的历史中，留不下哪怕一丝一毫的印记。即使是那些被人们所流传、所津津乐道的故事，或多或少也都是经过了美化的。其实，那也是一种扭曲，是对她们真实的生活状态的扭曲。不夸张地说，每一个烟花女子身后，都有一个悲惨的故事。

这样的传说，在这条以美丽的胭脂为名的山沟里，自然也是少不了的。

在胭脂沟，就有这么一个催人泪下的故事。

很久以前，年月已不可考的某日，那时候的胭脂沟正处在最辉煌的时候。沟里到处都是淘金汉子，到处都是胭脂女。据说，那个时候的胭脂女多达一千余人，除南国佳丽北地胭脂外，甚至还有俄罗斯女子和日本女子。她们都是从各个地方雇来的。而来自四面八方的矿工们士兵们，偶然能够从这些女子中遇到自己的同乡。同乡相见，自然是不一样的。那一日，一个淘金汉子听一位同乡说，碰见了一个他们家乡来这里的妓女。他和同乡一起去见那个妓女时，心情本来是很好的。刚见面的时候，一切好像都还正常。他们坐在一起，操着家乡话开始瞎聊，这聊着聊着就聊出问题了。原来，这今天第一次见面的嫖客与妓女，竟然是兄妹。原也怪不得这两人相见不相识。汉子离家七八年了，他走的时候，才十一二岁、身量未足的妹妹，如今已出落得水灵灵的。女大十八变，一天一个样，这七八年未见的妹妹，你叫他怎么认得出来？再者，他在这天寒地冻的地方呆着，不死也得脱层皮，跟在家里的时候比，简直是换了一个人，做妹妹的认不出哥哥来，也不是什么怪事。两人这一相认，还没来得及抱头痛哭，做哥哥的先冲着妹妹破口大骂。这也是人之常情。但凡是个正常人，自己妹妹做了妓女，怎么能够不气个半死？做妹妹的不哭不闹，却挤出一丝笑容："我下贱我无耻，我对不起列祖列宗。你不要脸的妹妹挣的是肮脏钱。你说得好啊。我也知道我下贱我对不起列祖列宗，但家里等着这卖身子的肮脏钱救命的时候，哥哥你在哪里，列祖列宗又在哪里？我也不是天生就这样贱的，我也不想出来卖，我也不想被人指着鼻子骂下贱骂无耻。可是我不能眼看着爹娘病死，弟妹们饿死。我就这么一个身子可以换钱，我不卖，守着个干净身子，等着和爹娘弟妹一起饿死？哥哥，你倒告诉我！"那个汉子，七尺高的男儿，听了妹妹短短一席话，立马就瘫倒在地上，失声痛哭。据说，周围的汉子们没有一人不是泪如雨下。

这个故事的下文怎么样了，那苦命的兄妹俩结局如何，没有人知道，也没有人想去知道。这个故事的真实性也已经不可考证。但是，所有听过这个故事的人都不会怀疑，在那条可以挖出金子、挖出财富的胭脂沟里，有多少女人，在人们鄙夷的目光中，隐藏着她们心中的痛苦，强颜欢笑。

也许是同样有着悲惨的过往，也许是长期共同生活在一起、彼此之间有着更深的牵绊，胭脂沟的矿工们比起其他人来，更能理解这些普通妓女们悲苦辛酸的人生。不同于在遥远的繁华都市里，那些才貌双全的名妓与一帮自命风流的才子名士们演绎的一出出悲欢离合的爱情，在这个连生存都显得艰难的地方，这些质朴的矿工和妓女，他们的关系反而更加贴近生命的本质。妓女们用最原始的方法给矿工们以慰藉，而矿工们则竭尽所能为妓女们提供各种便利。他们之间，是一种近似扭曲的"平等"。但这也是平等，也是对那些可怜女人们的一种安慰。也许，只有在胭脂沟，那些胭脂女们才能得到这么一点微薄的安慰。只有在这因为胭脂女而与众不同的胭脂沟，这些悲伤的灵魂才能被接受被容纳，才能得以安息。而这群女子，用她们柔软的身体，温暖了漠河这片冰冻而坚硬的土地。

有一位熟悉漠河历史的人说：如果说李金镛和他的矿工们最早开发了漠河、功不可没的话，功劳里也有那些妓女的一份。

所以，才有了今天这野地里荒凉的妓女坟，静默着，在呼啸的风雪中，在人们审视的目光里。

离开妓女坟的时候，一车人默默无语。

鄂伦春人家

大概是在小学一二年级时，我曾学过一首歌，歌名叫《鄂伦春小唱》。歌中唱道："高高的兴安岭，一片大森林，森林里住着勇敢的鄂伦春。"我从那首歌知道了大兴安岭，知道了鄂伦春人。到了大兴安岭，我急切地想看看鄂伦春人家，了解他们现在的生活。塔河县领导知道我这个要求后，安排我去了一次十八站鄂伦春民族乡。

鄂伦春民族乡是一个繁华的小镇，宽广的街道两边，商铺林立，人来人往。一排排砖瓦房错落有致，一棵棵落叶松巍然挺立。

我们到了一户鄂伦春人家。从外边看，这是一个很普通的人家，木栅栏围墙，砖瓦结构的房子。大门前的雪地上，印着杂乱的脚印和深深的车辙。进到屋里才发现，两间房子里放着一张长条桌和一些简单的设备，几个工人正在用桦树皮制作精美的小盒子。女主人是鄂伦春人，她告诉我们，这些精美的盒子，有的用来做大兴安岭特产包装，有的用来当做工艺品销售。我看了看那些桦树皮小盒子，造型美观大方，色彩十分鲜明，做工精巧细致，让人爱不释手。女主人说这些产品都有订单，出来一批，就销售一空。言语中，充满了骄傲和自信。

在这家屋子里有四五个工人，最大的大概四十岁，最小的大概十七八岁。陪同我们前来的塔河县副县长魏云华是鄂伦春族人。她指着一对残疾夫妻说，这对夫妻靠自己的手艺，生活也富裕起来了。那对夫妻听了，抬头冲我们友好地笑了笑，笑得很动人。

用桦树皮制作工艺品在鄂伦春族已经有很长的历史了。大兴安岭的山山岭岭之间到处都是高高的白桦林。在远古时期，鄂伦春人用白桦树的树皮作为遮身的物品。鄂伦春人还用桦树皮做成桦皮船，在黑龙江上漂流，运输物资。因而，鄂伦春人对白桦树情深意浓，情有独钟。聪明的鄂伦春人还用桦皮树制作各种各样的工艺品，用于贸易。在上个世纪五六十年代的大兴安岭的大开发中，鄂伦春族山民们用他们的马驮子、桦皮船为广大建设者运送粮食和建设物资，做出了突出的贡献。至今，在黑龙江江面上还可以看到三三两两的桦皮船，不过，这是供到这里来的游客漂流游乐用的。

说到桦皮工艺品的繁荣，淳朴的鄂伦春人含泪向我们讲起了葛彩萍的事迹。

葛彩萍是一个只有初中文化的鄂族勤劳妇女，她1965年出生在十八站，曾经是全国农村妇女"双学双比"女能手获得者、黑龙江省农村妇女"双学双比"女能手获得者、塔河县"十大杰出妇女"获得者，被塔河县评为塔河县农业战线致富能手。

由于受母亲及长辈们的熏陶，葛彩萍善于用她那双灵巧的手，制作各种精美的桦皮手工艺品。在婚姻方面，葛彩萍和许多其他妇女一样，勇敢地打破了旧的传统观念，嫁给一位汉族青年，组成了美好家庭，生有一儿一女。全国农村妇女"双学双比"活动开始后，葛彩萍与丈夫刘明商量，不能坐享其成靠救济，要自强自立，靠自己的双手提高生活质量、生命质量。1997年9月，在地区妇联、县乡妇联的鼓励和帮助下，葛彩萍与丈夫刘明开始大量制作桦树皮手工艺术品。

葛彩萍善于思考和创新，对原有的单一缝制品种进行了大胆的技术创新，制作了造型别致、花样繁多、品种齐全的桦树皮手工艺品，设计出了一批具有鄂伦春特色的礼品盒、帽子盒、药品盒、首饰盒、茶叶盒等产品。经过半年的辛勤努力，葛彩萍制作的产品打入了哈尔滨市场，仅用一个多月的时间就为哈尔滨参茸药材公司制作了一千三百余件药品礼品盒，受到了客户的好评。随着第一批产品，第二批、第三批产品应运而生，葛彩萍夫妇制作的手工艺品一时在区内外、省内外有了小名气。1999年的金秋十月，她的桦树皮手工艺品被列为全国"双学双比"十大成果展的展品，代表黑龙江省到首都北京去参展，这一喜讯使她夜不能寐。在仅仅一个月的时间里，她组织姐妹们连续奋战，精心制作，如期完成了任务。葛彩萍制作的首饰盒、茶叶盒、药盒等六大系列、二百四十多种产品，在北京一经展出，就受到国内外人士的青睐。时任国务院总理的朱镕基走到黑龙江省展台的时候，被这小小的桦皮工艺品所吸引，鼓励葛彩萍把民族的传统文化发扬下去。

富裕了的葛彩萍没有忘记身边的鄂伦春族贫困户、残疾的兄弟姐妹们，参加完展览会后，葛彩萍回到家第一件事，就是把自己的小作坊发展成了手工艺品制作厂。她首先教关秀丽、孟明远这对残疾夫妻，手把手教他们学会了打花、设计等制作工艺，无偿地教姐妹们技术，把自己的家当成了培训基地。在她的精心指导下，一大批鄂族同胞成为打花技术骨干，她的作坊里的制作人员也扩充到三十多人，许多贫困的鄂族同胞在她的带领下走出了贫困，改善了生活，添置了彩电等家用电器。

在葛彩萍的带领下，桦皮工艺品的生产呈现出了规模化、多样化、多功能的生产格局，取得了喜人的成绩。1997年，鄂伦春族的桦皮工艺品参加了大连首届国际艺术品博览会；1998年，参加了在北京举办的少数民族产品交易会；2001年，参加了在深圳举办的全国少数民族和民族地区名优特产品交易会，被人们称为"高品位的艺术"。

但是，让人心痛的是，2002年11月18日，一场悲剧无端地夺去了葛彩萍、刘明夫妇及其年仅十一岁的爱女刘玉的生命，鄂伦春人失去了一位心灵手巧而又善良的民族艺术家。

葛彩萍去世后，她的亲人和朋友继承了她的事业，继续将鄂伦春族的桦皮工艺品推向世界，这些工艺品不但给鄂伦春族同胞带来了丰厚的回报，还促进了大兴安岭地区旅游业的发展，吸引了更多的游客，为当地的经济发展做出了重要的贡献。

葛彩萍只是鄂伦春族山民们的一个缩影，在党和政府的关怀下，鄂伦春人与时俱进，下山定居后一直在不断地改进生产与生活方式，取得了显著的成绩。在鄂伦春村，我们看了村民给我们放的录像带，录像带向我们展示了鄂伦春民族风情园。鄂伦春族的帐篷，鄂伦春的篝火，还有鄂伦春的猎民们围着篝火吃烤肉的情景深深地吸引了我们；鄂伦春族的桦皮船和鄂伦春的围猎圈让我们看得心神摇动。

从那些图片和镜头中，我们看到的是一个开放的鄂伦春族。这是一个与时俱进的少数民族，也是一个自强不息的少数民族。

雪中那片白桦林

我在少年时期，就读过一些名人大家写白桦林的诗或者散文，那一棵棵亭亭玉立的白桦树，那一片片浓密苍翠的树阴，无论在风雨中还是在雪霜中，都坚强挺拔，美丽动人。微风吹来的时候，树叶哗哗作响，犹如在欢快地歌唱。在日常生活中，我也见到过白桦树，但成片的白桦林却没有见过，因而，白桦林成了我心中的一个情结。我不止一次梦想躺在白桦林里的草地上，仰望被浓密的树叶遮盖住了的天空，听白桦树叶哗哗作响，那情那景那感受，充满了诗情画意。有一段时间我经常失眠，但是只要我想象这种场景，竟然就能静静地入睡。

大兴安岭的白桦林早就让我非常向往。尽管我来的时候是冬季，大兴安岭还沉浸在一片冰雪的世界里，但是，在从图强去黑龙江边的路上，当随行人员告诉我马上要经过一片白桦林的时候，我还是异常兴奋和激动。

那是一片很大的白桦林，在大兴安岭皑皑雪原之上显得特别醒目。尽管一棵棵高高的白桦树被厚厚的积雪覆盖，树的轮廓还是清晰可辨。一阵风儿吹过，一层浮雪飞起，轻飘飘的在空中飘舞，林子就像被一片雾笼罩了一样，朦朦胧胧，神秘而又诱人，又像一层薄薄的轻纱，披在白桦树上。冬日里的白桦树，树干还是那样的白，尽管被寒风撕裂了皮肤，但是，白桦林仍然不失其清秀，高高地立在那里，宛如闺中的娇娘，轻若丝绸般的质地，温润而又细腻，让人看着特别舒服。

白桦树是大兴安岭的主要树种之一，它不畏严寒，尽管一年中有七个多月都被冰雪覆盖，但是它仍然不屈不挠、无怨无悔，在大兴安岭千年的冻土地上生存繁衍。

有人说大兴安岭没有樟子松，就没有雄奇；而没有白桦树，就没有俊秀。白桦树总是那么青春活泼，总是那么青春亮丽，是大兴安岭的一道最美丽的风景。白桦树高大修长，看起来就像一个亭亭玉立的少女一样婀娜多姿。但是，看上去清秀的白桦树，又十分坚强。它和那些塔松、樟子松一起，当西伯利亚的寒流扑过来的时候，它也挺起胸膛予以阻挡；当风沙滚滚而来的时候，它也耸起臂膀予以反击。它是英雄的女战士。

雪中的白桦树有一种超凡脱俗的美，这种美不但在于它的外形，还在于它的心态。白桦树有着钢铁般的意志，即使是积雪压来，仍然巍峨挺拔，高耸入云。古人说"木秀于林，风必摧之"，但是白桦树似乎并不怕风吹雨打，它的枝叶倔强地朝天而长，硬是将其美丽一览无余地展示在人们的眼前。北方人爱白桦树，称它是树中的仙女，这个比喻非常恰当。白桦树美丽而又圣洁，清秀而不妖艳，永远都是那么的冰清玉洁，是树中最容易入画的一种。可以想象，不管是百花盛开的春天、层林尽染的秋季，还是冰封雪飘的隆冬，如果大兴安岭上没有了白桦树，不见了白桦林，将是一幅什么样的景色，那就像我们的生活中没有了美丽的女性，就没有了温柔，就没有了爱情，就没有了欢乐。

说起白桦林，人们常常把它与刻骨铭心的爱情联系在一起。用玫瑰来象征爱情，是因为它浓郁的颜色和芬香的气味，和爱情给人带来的感觉非常相似，它与西方人热情奔放的性情相仿。而我却觉得白桦林更贴近我们东方人的爱情，冰清玉洁、含蓄却又无比执著。它的热情不表现在外在的颜色和芬香的气味，它朝圣般地直指天空，自然而然地就能让人体会到它的坚贞；它洁白而又细腻的表皮一尘不染，象征着爱情的圣洁；在大雪之中，它依然故我，这种隐藏在心底的奔放的热情不是终将萎谢的玫瑰所能比拟的。

关于白桦林，有很多与爱情相关的传说。在这些传说中，主人公们总是会选择将自己的爱情的种子播在美丽的白桦林里，然后耐心地去等待爱情像白桦树一样笔直而执著地生长出来，像白桦林一样圣洁而美丽。如果爱情的结局里，一方不幸离开了这个世界，另一方总会不忘将其灵魂安葬在白桦林里，然后将自己的灵魂也寄放到这里。其实在现实中，白桦林也成就了许多人的爱情，白桦林是一个最适合谈情说爱的地方。

不但青年男女喜欢白桦林，艺术家也喜欢白桦林。画家喜欢到白桦林里写生，白桦林一年四季都不会让来这里的画家失望。春天，白桦林白得娇嫩，白得透彻；夏天，白桦林白得浓烈，在一树青绿的枝叶下，白得让人赏心悦目；秋天的时候，金黄色的太阳已经完全融进了白桦树的树叶，使得白桦树白得成熟，黄白相应，黄是一丝不苟的黄，是漫山遍野的黄；白也是一尘不染的白，白得细腻，白得让人陶醉。冬天的白桦树与地上的积雪交相辉映，更是白得叫人爱惜不已。雪中看白桦林，就像在茫茫人海中遇到老朋友一样，能陡然感到一阵暖洋洋的情谊袭上心头。为能在这茫茫雪域之中看到如此美丽，如此张扬，如此充满了活力的生命而欣慰。

无论什么时候，走在白桦林里，都能感到一种宁静和清新扑面而来，在白桦林里散步，一切的烦嚣都能被抛在脑后，白桦林是一首诗，安慰了无数的心灵。

白桦树的皮是天然的艺术品。细腻、光滑而又富有韧性。在白桦林里，斑驳脱落的桦树皮随处可见。将这些白桦皮捡回来，做成卡片送给亲朋好友，是再恰当不过的了。鄂伦春人就特别喜爱白桦树，喜欢用白桦树的皮做成各种各样的工艺品，还做成闻名遐迩的桦皮船，在黑龙江上漂流。现在，桦皮船已经成为黑龙江上一道独特的风景，吸引了无数到这里游玩的游客。除了桦皮船，鄂伦春人还能用桦树皮制作各种各样精美的礼品盒、包装盒，近年来，还有艺术家在桦树皮上作画，这些艺术品都深受人们喜爱，远销海内外。不少鄂伦春人就靠制作这些艺术品，过上了富裕的日子。

临走的时候，我用相机照下了大兴安岭雪中的白桦林，给这片美丽的树林留下了一个永远的纪念。

但是，在离去的路上，我突然发现了一片被火烧过了的、已经枯死的白桦林，一种悲痛涌上心头。美丽的白桦林遭到了如此浩劫，如此破坏，只剩下几个孤零零的树桩，像被强暴过的少女，痛苦地向我们张望，仿佛在向我们泣诉。我的心在流泪。我为白桦树的遭遇而不安。大火无情，因为它听不见悲痛的哭泣，看不见悲伤的面容，而自以为是万物主宰的人呢？有多少白桦树是倒在人的冰冷而又坚利的刀斧之下。这些手持刀斧的人，看着一棵棵高高耸立的白桦树、傲然挺立在风雪之中的白桦树轰然倒下的时候，难道真的不会于心难安吗？

不要忘记，白桦树带给我们的不仅是无穷无尽的欢乐，无穷无尽的想象，也带给了我们温暖，带给了我们幸福。我们应该懂得爱惜、懂得保护白桦林了！

野性的小镇

　　汽车在大兴安岭的林海雪原之中颠簸行驶。眼前掠过的是绵延起伏的森林，波澜壮阔的雪原。那森林，那雪原给我的感觉格外张扬，格外粗犷，格外野性。让人的胸襟仿佛一下子打开了，有一种畅快淋漓的感觉，有一种放声歌唱的欲望，有一种无穷无尽的遐思。林海雪原的粗犷和野性之美原来这样引人入胜。

　　当小镇渐渐映入我的眼帘的时候，我突然有了一种受到冲击的感觉。

　　小镇越来越近了。最先映入眼帘的是那一片林立的电视天线。很高，很密，仿佛是又长出的一片森林。接着是一排排民居。正是中午时分，家家房顶上的烟囱飘着青色的烟。蓝天、白雪、青烟，构成一幅浓淡相宜、黑白分明的水墨画。

　　最先迎接我们的是从镇子里跑出的几只狗。它们昂着头，狂吠着，迎着我们的车跑过来，然后又围绕在车的前后左右。它们跑的速度很快，奔跑的姿势也很特别，轻盈、轻松，像在雪上飞。一只浑身黑毛的狗，在雪地里格外引人注目，仿佛一只离了弦的箭。当我们的车子在镇上停下来，我们都下车时，那几只狗却离开了车子，然后分散开，各自守在一户门前。我想它们守卫的就是主人家吧！

　　这是一个只有几十户人家的小镇。镇上的房屋大都是木质或者泥土结构。镇上只有一条大街，车辆很多，人也很多。就连几条小街里也停满了车。车大多是运输用的大卡车。有的装满了木材，准备运往山外；有的正吐着热气，准备驶向深山里的伐木场；有的正在维修。人大都是些壮年汉子，有的在装卸木材，有的在保养车辆，有的在干着杂活。

小镇大街上的酒店一个挨着一个。酒店的名字起得也颇具特色，有的很土，有的很洋，甚至有的酒店用的是外国的名字。由于正值中午，几乎每一家酒店里都是座无虚席。我们停下车，想找一家酒店吃点东西再继续赶路，可是看了几家酒店，都没有座位，只好作罢。屋外的气温很低，但屋内却热气腾腾。那些汉子们十几个人围着一张桌子，有的坐，有的站，桌子上摆着大盘菜，大碗酒。他们猜拳行令，不知是酒喝多了，还是喊得累了，个个都是脸红红的。看见我们这几个陌生人进来，他们有的点头微笑，有的还端起酒碗摆出请我们喝酒的架势。

同行的朋友见酒店无座位，于是就去商店买食品。小镇上的商店也是一个接一个，名字也形形色色，有的还称为商场，但进去一看，却都是些地方狭小、货物很少的小店铺。于是，我觉得这些酒店、商店的名字很好笑。笑罢又想，从这些酒店、商店的名字，可以看得出这个林海雪原中的小镇并不闭塞。相反，小镇散发着浓浓的现代气息。

我听到酒店里几个人的对话，口音很杂，天南海北都有。这就印证了我刚才的想法。小镇上的人来自四面八方，带来的是四面八方的口音，也带来了四面八方的风俗，四面八方的信息。这样看来，小镇并不小，而是很大。记得有人说过，越是移民地区，发展得越快。因为来自四面八方的人，带来的是四面八方的信息。信息是一种推动力量。从这个意义上说，小镇是林海雪原里一个敞开的窗口。

我承认，我是用好奇的目光打量着小镇。于是，我看到一幅景象，小镇上的人们也在用好奇的目光打量我们。屋子外面的人们，用大胆而且热情的目光望着我们。最动人的是屋子里的人们透过玻璃往外看我们，玻璃上印出了一双双放大的眼睛，一个个挤扁的鼻子，一张张变形的脸，像变形金刚一样稀奇古怪。

一辆大卡车在镇上停下。从车上下来十多个壮年汉子，其中有七八个背着行李，一看就是从外乡刚来的。接着，从几个不同的房子里蜂拥而出一帮子人，迎上那些刚下车的人，有的帮着拿行李，有的忙着递烟点火，有的还亲热地拥抱。

"跑了大半天，累了吧？先进去喝几杯酒，暖暖身子，解解乏！"

"这冰天雪地的够刺激吧？在咱们家你做梦都别想梦到。"

一个年轻人跺了下脚，"这土地都结了冰，硬邦邦的。"

我随着他的话，也下意识地跺了跺脚，发现的确像那个年轻人所说，脚下的土地冻得十分结实。

毫无疑问，这是一群跟雪原一样粗悍而又旷达的人！他们和雪原一样，对我具有很强的亲和力和吸引力。每天，他们在这种简单的生活环境中为了生存忙碌，又在这种充满了无穷魅力的雪和林的世界里感受生命的快乐，他们的情感像雪中的大山一样，是粗线条的，又是纯洁的。

突然，从镇上的美容店里走出来一个女人。这个女人不是我们想象中的林海雪原上的那种女人，穿着厚实的棉衣，而是一身时髦的装扮。她的生命充满了朝气，她像所有的女人一样渴望美丽，因此，她大胆地拒绝臃肿的棉衣。紧凑而又合体的衣装恰到好处地将她身体的曲线展现得一览无余，素雅而又明亮的颜色在雪的映照下像冰雪一样剔透。她围着一条红毛线围巾，满脸笑容地站在雪地里，就像皑皑白雪中的一株红莲一样动人。她是小镇的一道风景，小镇似乎在通过她告诉我们：在这里，生命是充满活力的，而不是死气沉沉。于是，她的出现仿佛一阵热浪，让小镇一下子热烈起来。那些刚来的汉子们脸上的笑容变得灿烂了。

作陪的地方领导告诉我，这个小镇叫十二站，位于古康熙驿道旁边。我们在林中走过的路，也是在古康熙驿道的基础上修建起来的。古时的大兴安岭，人烟稀少，没有道路，更没有村落，修驿道时，便以每天的进度里数，加上驿道的站数来命名了，所以这里叫十二站。自从有了驿站，便有了人。开始是守驿站的人，后来人越聚越多。这不禁让我想起不久前在北京，铁道部蔡庆华副部长向我讲过的一件事。他说，在不少地方，都是先有了铁路，才有了城市，才有了繁华。他说出了一个近年来喊得最响的口号，也可以称之为一个道理，"要想富，先修路。"遥想当年的大兴安岭，渺无人烟，空山鸟语，一片荒凉，深邃而又辽阔的大森林怎么也不会想到，会有今日车来人往的繁荣景象。

大兴安岭林海深处的小镇，都带着林区特色的烙印。小镇是伐木工人的聚散地。每天，伐木工人们乘着车或者雪橇到深山老林里采伐木头，再运到小镇来，然后从小镇发往全国各地。近年来，小镇上的人们开始搞木材深加工，需要的人多了，来的人也就多了。小镇的其他产业也发展起来。不仅有饭店、商店、美容美发店，还有茶社、洗浴中心、录像放映厅、网吧，城市中有的，小镇上都有。小镇的脚步，紧跟着时代的节拍。

小镇上的人的生活非常简单，偶尔会有一些过路的客人或者专门来访的客户在这里歇脚，吃上一碗热腾腾的面条，闲着的居民们会向他们问这问那，打听山外的事情。客人临走的时候，主人会送上几句叮咛，让来到这里的外乡人备感温馨。当然，大多数时候，你能听到的是这里的男人们爽朗而洪亮的笑声，和女人们热烈而质朴的调侃。

因为简单，所以粗犷；因为粗犷，所以处处透露着野性和天然。野性是小镇的格调，野性也是小镇的魅力所在。

朋友告诉我，小镇上的社会治安很好，人与人之间的关系十分亲密。尽管人们来自天南海北，但相处得就如同一家。这一点，我已经感觉到了。其实，同在一方土地上、同在一片蓝天下的人们，就应是这样。

汽车远离小镇而去，我没有回头，却似乎能感到小镇的居民还在向我们张望，似乎还能听到他们的笑语喧哗和对客人的种种调侃在温暖的木屋里飘荡。直到我离开大兴安岭之后，小镇的景象仍然不断地在我的大脑里盘旋，久久不能离去。一种声音在我的心底召唤，这强烈的召唤让我就这样永远停留在这里！这种召唤甚至让我热泪盈眶。就这样跟小镇一样，跟小镇上所有的居民一样，在这林海雪原之中体会生命的张扬，体会心灵淋漓尽致的宣泄，多好！不再被都市的拥挤和烦嚣困扰，不再呼吸受过污染的空气，可以在这里敞开胸怀，任心飞翔。我突然感到，似乎自己所有的梦想都能在这里实现，所有的创伤都能在皑皑白雪中得到抚平。

告别大兴安岭，回到北京后，每当心情特别烦躁的时候，我回想起在小镇的种种见闻，竟能舒缓自己的情绪，在满是香烟的房子里，竟能淡淡一笑。

大子羊山小憩

在大兴安岭的林海雪原中开车旅行，既能让人欣赏北国冰雪壮丽的风光，享受雪中驾车的刺激惊险带来的快感，也会让人尝到长途跋涉的艰苦，以及长时间被封闭在车厢狭窄空间的沉闷。汽车在茫茫雪原上行驶四五个小时却看不到人烟，是常有的事情。所以，行驶一段时间，我们总会停下来稍作休息。

我们一行是吃罢早饭从韩家园子出发的，原计划中午可以到达加格达奇。车行一个小时，才发现走错了路。在大兴安岭林区走错路的事情是经常发生的，尤其在冰雪封山的季节。也正是这一错，让我有机会认识了大子羊山和大子羊山人。

那天，因为走错了路，我们驾着车在雪中穿行了一上午，一直到中午一点左右的时候，离我们的目的地加格达奇还有两个多小时的车程。同行的朋友肚子饿得都有点撑不住了，车里油也不多了。这个时候，惟一希望的就是能找个地方小憩一下。

大子羊山就是在这个时候出现在我们眼前的。

首先映入眼帘的是一片空旷的平原。这是在大兴安岭林区很难见到的大片平原。那一片平原四周是绵延起伏的大兴安岭山脉，以及苍茫广阔的大森林，更衬托出皑皑白雪覆盖下的平原的辽阔。雪地上有一片牛群，大约有一千多头。雪地上突然出现这些生灵，给人的感觉是那么美好。

"那些牛儿在雪地上吃什么呢？"我不解地问。

同行的朋友回答说："这个地方叫大子羊山，是大兴安岭土地最肥沃的地方之一。这里一年可以种一季庄稼，那些牛儿吃的是埋在浅雪里的干草。"

这时，我看到了雪地上的一个个干草堆。可以想象，在大兴安岭春夏来临的时候，这片平原上草绿花红、风光明媚的情景。同时，我也看见了被冰雪覆盖着的一条河流，那条河流横穿这片平原，两岸坐落着一座座风格别致的别墅。朋友说那些别墅是度假用的。到了夏天，遍野花红草绿，河水碧波荡漾，前来避暑的人络绎不绝，一派繁荣景象。

在草原的另一边，出现的是山的影子。朋友说那是大子羊山。

远远望去，大子羊山上有一个黑点。近了，才看清有一片房子。到了大子羊山脚下，又看见一个高高的架子，上边有风轮在转动，好像是用来发电的。这就告诉我们，这个山上有人生活。

汽车抵达半山腰，车靠着路边停下，我们一行下了车。我看清这里是个加油站。在加油站的旁边，是一排房子。在一间房子的门上挂了一个醒目的牌子，上面有"大子羊山加油站"的字样。

这半山腰的地方，算得上是前不着村后不着店，很是荒凉，除了这间小小的加油站外，就只有几间同样规模的旅店了。想来这会儿客人不多，所以听到我们停车的声音，加油站的工作人员迎了出来。

这是一个中年男子，是这里的管理员。他把我们领到加油站里休息，然后自己去给汽车加油。

房间不大，东西也不多，相当简陋。屋里有一张半新不旧的书桌，靠着桌子摆着几把椅子，书桌上放有一个电话。书桌背后的墙上贴着管理规则，两张老大的纸，写得密密实实全都是字。我粗粗一数，少说也有二十来条。书桌对面是一张火炕，炕上摆着叠得整整齐齐的被子。对着炕头的柜子上放着一台彩电。电视机这会儿正开着，正在放昨天新闻的重播。除此之外，小屋里就几乎看不到其他有价值的东西了。看来，这间小屋不但是这位管理员的办公室，而且是他的卧室。

不多会儿，管理员加完油回来了。因为他和我同行的一位朋友认识，所以拉着他开始唠嗑，当然，谈话的主要内容还是集中在这家孤零零的加油站和他这惟一的管理员身上。

据管理员介绍，大子羊山是大兴安岭交通网上的一个枢纽，这里虽然人烟稀少，车流量却不少，所以专门在这里设立了加油站，派驻专人值班，就是为了满足往来车辆的需要，同时，也便于定期进行道路保养和管理。

加油站管理员的家和家人都在百里之外。这里的管理人员只有他一个，没有人和他轮值换班，如果他要请假休息，就要有人来接替他值班。这间加油站不能关门谢客，正因为如此，一年到头，他几乎没有多少休假的机会。即使是逢年过节，他也很难有机会回家看看。大多数时候，是家人有空了就过来看他，但终归是十天半个月也见不了一面。平日，他一个人孤单地守在这偏僻的半山腰，守着这小小的加油站。

由于地理位置比较偏僻，加油站并没有通电。在这里生活所需要的一切电力，都靠那台风力发电机提供。那台彩电还是领导们在头一年的春节专门给这位管理员同志送来的，那也是他惟一的娱乐设施和"奢侈品"。他总愿意看看新闻，虽然那些事情离他很遥远。他也喜欢看地方台里的文艺节目，尤其是东北的"土特产"——二人转，当然还少不了赵本山的小品。那些朴实的笑话，总能让他一个人乐上半天。

管理员的工作很单调。每天，他早起的第一件事就是检查整个加油站，看看用来发电的风车运转是否正常，仓库里堆放的汽油有没有泄漏，仓库附近有没有易燃易爆物品……任何一个细微的环节都不能忽视，任何一个微小的隐患都必须立即处理。等例行检查工作结束，他还得回到屋里记下当天的检查情况，事无巨细，统统都得记录在案。这之后，一天的工作暂时告一段落，接下来的时间，就是等待途经大子羊山的汽车到这里补充燃油了。一天就这样过去，夜幕很快就降临了。同样，睡前也是例行工作的时间，他必须按照早晨的工作内容，再次仔细地把整个加油站检查一遍。直到确认一切正常后，他才能休息。

除了这些日常的工作外，有时还会突然出现一些意外状况，让人疲于应付。每逢这种时候，他的负担就更重了。年初，就发生过这么一个例子。那是春节过完没多少日子，一年中最冷的那几天。一天半夜，大概两点多，他睡得正熟，恍惚间听见砰砰的声音。他披衣起来，发现门外正有人在砸门，一问才知道是过路的司机，路上油箱裂了，油漏了个七七八八，再也挪不动窝了。不得已，司机只好把车停在山脚处，自己爬到半山腰加油站来找人帮忙。他已经连敲带喊折腾了七八分钟，看屋里实在是没动静，没辙，只好砸门了。一听这话，管理员连忙穿好衣裳，出门到油库里装了一桶油，拎着灯跟司机赶到山下。好容易到了山下，仔细一检查，发现油箱上裂了老大一口子，油往外直流。即使把油箱加满，开不出几十里油就又漏完了。无奈，两人只好决定先给车加点油，好歹把车弄到半山腰加油站那儿，等明天早上天亮了再想办法。当天晚上，司机就在管理员的小屋里，两人凑合了一晚。第二天天一亮，管理员就帮着司机拨通了救援电话。中午时分，救援人员带着工具和新的油箱抵达了加油站，帮着司机换好了油箱。下午一点多，这位在大子羊山耽搁了大半天的司机终于启程了。送走了这位陌生的客人，加油站又恢复了往日的沉静，只有管理员一人在这半山腰的小房子里，迎送每天的日落日出。

日复一日，年复一年，大子羊山加油站的管理员，在这荒凉的半山腰过着简单到单调的生活。同样的工作被成百上千次地重复，就成了考验人们耐性和责任心的最好方式。管理员的工作虽然简单，但要保证每项工作都做得认真细致、毫无遗漏，却不是一件简单的事。由于疏忽而造成的过失是不允许的，更不可以因为重复劳动就心生厌倦，敷衍了事。一次懈怠，就可能会给以后的工作带来巨大的影响。千里之堤，溃于蚁穴，这是这个沉默却坚忍的汉子时刻提醒自己牢记的警言。认真地完成每一项工作，杜绝任何失误，这么多年来，他就是这么严格地要求着自己走过来的。在这高高的大子羊山上，他一个人坚守着管理规则，从不逾越，从无怨言。

我们的车缓缓驶离大子羊山。半山腰处小小的加油站再一次浓缩成一个黑点，在我们的视野中逐渐淡去。一路回想管理员那间小小的屋子、朴实的话语和憨厚的笑容，我的心情一直无法平静下来。我突然回忆起年幼时学过的一篇课文来，文中讲述了一位铁路巡道工的故事。那位淳朴的巡道工，每天独自走很远的路，一根一根枕木地查看，风雨无阻。几十年下来，他走过的路可以围绕地球几圈。那位巡道工的形象和刚才那位管理员逐渐重叠起来，同样的平凡，同样的普通，同样的伟大。我们的生活中正是因为有了他们这种人，才更加丰富多彩，才更加热火朝天。

北极光

　　大兴安岭的朋友告诉我，夏天的时候到漠河，很有可能看到北极光。漠河夏天的北极光，已成为漠河乃至大兴安岭地区的一个旅游品牌。

　　漠河位于中国的最北端、北纬五十三度半的高纬度地带。每年夏季，漠河都会出现极为罕见的"白夜"和"北极光"奇景。

　　极光是一种发生在地球极地的罕见的自然现象，是太阳风与地球磁场相互作用的结果。太阳风是太阳射出的带电粒子，当它到达地球上空时，会受到地球磁场的作用。地球磁场形如"漏斗"，尖端对着地球的南北两个磁极，因此，太阳发出的带电粒子沿着地球磁场的这个"漏斗"沉降，进入地球的两极地区。两极的高层大气受到太阳风的袭击后，会发出光芒，从而形成极光。在北半球出现的叫北极光，在南半球出现的叫南极光。北极光出现的时候，红、蓝、绿、青、紫相间的光线布满天空，五彩缤纷，格外绚丽。据说，到漠河来观看北极光的中外游客逐年增多，人如潮水，连农户人家都住满了外地的客人。

　　朋友给我形容说，每次北极光出现的时候，整个漠河都在骚动，整个大兴安岭都在骚动。尤其是漠河北极村，伴着北极光的出现，人们因兴奋而发出的各种尖叫声、欢呼声不绝于耳，久久回荡。凡是亲眼目睹过北极光的人，都为看到北极光而激动不已，一辈子也忘不了那绚丽的北极光和沸腾的场景。

　　一种罕见的自然现象往往酝酿出一种独特的文化。比如黄河的激流、钱塘江的潮水、江南的梅雨、三峡的风光，千百年来，它们壮观、迷人的景致让无数人惊叹不已。人们在欣赏、赞叹之余，情不自禁地留下了许多伟大的艺术作品。这些作品广为流传，又让那些罕见的自然景观为更多的人所了解和向往，经一代又一代的传播和宣扬，积淀并形成了一种独特的文化。一个地方有了富有特色的文化，会使它的历史显得厚重深远，会使它的人民变得无比骄傲，也会使它的前进脚步更加从容坚定。

壮观而美丽的北极光是大兴安岭的一种极为重要的文化资源。它就像一面旗帜一样，高扬在我们伟大祖国的北极。大兴安岭的朋友告诉我，璀璨的北极光就像一把钥匙，打开了大兴安岭旅游文化的大门。我想这句话一点儿也不夸张。这些年，许多游客为了能够看一眼北极光而来到大兴安岭，到了大兴安岭，他们发现这里除了北极光，还有许多在其他地方看不到的、让人流连忘返的自然景观：被誉为北国小三峡的黑龙江源头，风景壮丽如画，两岸陡峭雄奇；以英雄豪气著称的大界江，江面宽广辽阔，荡漾着英雄般的气概；有"山神"之称的鄂伦春族风情园，篝火熊熊燃烧，神秘而又古朴。鄂伦春族是中国最后的一个渔猎民族。解放前，鄂伦春人住在大兴安岭的深山老林里，白天到处捕鱼打猎，晚上或者住在山洞中，或者住在帐篷里，或者露天住宿，靠篝火取暖。这个民族的许多东西，包括它的宗教萨满教，都充满了神奇的魅力。过去，鄂伦春人运送物资主要依靠马驮子和用大兴安岭的白桦树皮制成的桦皮船。今天，这些桦皮船成了人们到此体验漂流的一种旅游工具。在离加格达奇不远的嘎仙高格德山，还有鲜卑族先民议事的天然石洞——嘎仙洞，洞外古木参天，雾气缭绕，洞内宽广高大，气势恢宏。在塔河、十八站等地，还可以看到旧石器时代遗址、新石器时代的一些遗物，让人收获颇丰。随着生态林区建设步伐加快，一些新的、具有大兴安岭特色的产业兴旺发达。这些新的产业，往往因其特色，又成为新的旅游景观。图强林业局的高寒地区珍稀皮毛动物养殖场内，各种皮毛动物活泼可爱；韩家园林业局的松涛鹿苑里，松涛阵阵，群鹿争宠。大兴安岭一望无际的千里林海，也是当今最时髦、最吸引人的生态游、消夏游的好去处，并成为重要景点；而一年之中长达七个月的大冰雪，更让人叹为观止。这些，也可以说是北极光文化的重要组成部分。

随着大兴安岭旅游开发的深入，这里越来越受到人们重视。这些年的夏季，国内外的游客纷纷前往大兴安岭的漠河，一睹这种神奇的自然景观，不少文学艺术家还为"北极光"留下了脍炙人口的艺术作品。大兴安岭地方政府抓住机遇，与时俱进，每年都要举办"北极光节"，以北极光文化广交四海朋友，吸引国内外客商。北极光已成了大兴安岭旅游的一个品牌，也成为大兴安岭沟通四面八方的一道彩虹。

与大自然的北极光现象一样，大兴安岭地区文联主办的《北极光》杂志，也是大兴安岭文化的一个品牌。这本纯文学的杂志，根植大兴安岭，放眼五洲四海，以其鲜明的个性、独有的特色，在全国文学界口碑极佳。新华出版社出版的《迈向新世纪的黑龙江新闻出版业》一书中，这样评价《北极光》杂志："《北极光》独守着一片山林，在高高的大兴安岭上，关注改革大潮中人的深层裂变，关注别具特色的少数民族生活，更关注愈来愈近的充满松脂香味的'天然林保护工程'，在维持自然生态平衡的同时，又保持文学生态的平衡。呵护精神的家园，是《北极光》的刊品、刊格，也是《北极光》人永远的理想和追求。"

我在加格达奇调研时，有幸和《北极光》杂志的两位负责人一谈。他们告诉我，《北极光》杂志已经办得颇具规模，团结了一群作者，尤其是一些与大兴安岭林区有着深厚感情的作者，形成了一支在省内外、国内外有影响的作者队伍。《北极光》上发表的各种诗歌、散文、小说等作品，多次被国内外有影响的报刊转载。这些体裁多样的作品，充分反映了大兴安岭的文化特色，为大兴安岭积淀了一笔丰富的无形资产。人们在《北极光》上，可以看到大兴安岭满山的红杜鹃、冰封的大界江，以及鄂伦春族、鄂温克族、达斡尔族的风情人物和大兴安岭的自然景观、人文历史，可以听见大兴安岭松涛的呼吸声，大兴安岭前进的脚步声，以及大兴安岭人民的欢笑声。

"现在纯文学刊物办得都比较艰难，你们没有过其他打算？"我问。

他俩笑了笑，回答得很干脆，也很让人感动："尽管纯文学期刊很贫困，但《北极光》仍要千方百计去温饱作者。"

我对他们肃然起敬。

自然界的北极光，给人的是一闪即逝的激动和欢快，给人的是难以忘怀的色彩和印象，而文学界的《北极光》，给人的是用之不竭的源泉和力量，给人的是坚定不移的追求和方向。我从内心祝愿《北极光》永远照耀在高高的大兴安岭上。

第二辑

莱茵河畔的德国

金色莱茵

　　我们在德国考察期间，曾途经莱茵河，进行了一次短暂的莱茵之旅。尽管时间短暂，但莱茵河却留给了我非常深刻的印象。

　　莱茵河是欧洲一条著名的河流。自古以来，它就是欧洲最繁忙的水上交通线之一，承载着欧洲从一个时代走向另一个时代。从某种意义上说，没有莱茵河就没有欧洲文明。这条古老的河流，在两岸留下光彩夺目的旖旎风光、世人瞩目的名胜古迹，形成了一条历史与现实交相辉映、人文与自然相濡以沫的文明画廊。有人说莱茵河在欧洲以及欧洲人心目中的地位丝毫不亚于蓝色的多瑙河。

　　莱茵河发源于瑞士境内的阿尔卑斯山脉，蜿蜒流经列支敦士登、奥地利、法国、德国和荷兰等国，最后从荷兰流入北海，在德国境内总长达865公里，流域面积则占了德国总面积的40%，丝毫无愧于"德意志民族的摇篮"这一称谓。千百年来，德国人一直把莱茵河称为"父亲河"，就像中国人称黄河为母亲河一样，对它充满了敬仰和感恩之情。赞美这条河的诗、画也层出不穷，尤其是德国浪漫主义时期的许多诗人和思想家，几乎都被她的魅力所倾倒，用尽世界上能够用的诗句、油彩歌唱她、描绘她。1802年，著名作家克莱门斯·冯·布伦塔诺和后来成为他的连襟的阿希姆·冯·阿尔尼姆，沿莱茵河做了一次文学之旅，沿途收集了大量关于莱茵河的民谣和民间传说，整理成了民间诗集《魔术号角》。在这本诗集里，莱茵河上飘荡了千百年的魔女罗列莱的故事美丽而又悲壮，影响德国至今。

此后，著名的浪漫主义诗人海涅又用神来之笔，给她增加了更加动人心弦的情节。直到今天，莱茵河上的游船还在一遍又一遍地向游客讲述着罗列莱的故事。19世纪英国最伟大的风景画家、印象派先锋威廉·特耐尔曾于1817年带着素描本，从科隆一路画到美茵茨，给历史和后人留下了一个个美丽动人的瞬间和一幅幅震撼人心的景象。

我们旅行的那一段莱茵河，是在德国境内风光最美、古迹众多、故事和传说也最动人的一部分，或者说是莱茵河精华的浓缩。坐在游船上望去，河道蜿蜒曲折，河水清澈见底，尤其是两岸变化不断的风景，更是引人入胜。一会儿是碧绿无垠的葡萄种植园，层次有序地排列在山坡上；一会儿是巍然屹立的古城堡，神气十足地耸立在河畔；不时，可以看到一座座童话般的德国小城和中世纪古镇。这些小镇有的热闹，有的幽静，各种风格的旋律，合奏出一首优美的德国田园诗。我的一位同行者感叹地说，把那一座座小城镇比作儿童玩具，真是多彩多姿，童话般美丽。据陪同我们的翻译介绍，那些矗立河边几百年的古堡，每一个都有它自己的故事，或是流传于世，或是被掩埋于岁月的变迁中。它们有的被修茸一新，有的古藤缠绕飞鸟盘旋，也有的只剩下一片遗址，还有一串串动人的古老传说，戴着神秘的中世纪面纱，不时地把人们的思绪带向遥远的过去。在这样的河流上旅行，真正是置身于如诗如画的历史长河中。

一上船，我们就看到了一群群来自不同国家的游客。他们中有成年人，有青年人，还有一些金发碧眼的中学生；有团队，有家庭，也有独自成行的。那群中学生面对眼前莱茵河的美景兴奋不已，不时爆发出一阵快乐的笑声和欢呼声，为游船增添了浪漫而又活泼的气氛，也让我们深受感染。我们通过交谈了解到，他们是来自英国、美国的中学生，这次的莱茵之旅是学校组织的。他们一听说我们是中国人，立刻兴趣盎然，表现出了对中国的浓厚兴趣，纷纷向我们打听有关中国的事情。在他们的眼中，中国是一个遥远而神秘的东方古国，有着许多新鲜与神奇的事物……回想起在德国期间的所见所闻，我不禁感到非常欣慰。在许多吸引着全世界游人的地方，出现了越来越多中国人的身影；在大大小小的商场的货架上，摆满了来自中国的商品；就是在各处景点销售纪念品的小摊上，也出现了用中文编写的各种纪念册。尽管是细微小事，但说明中国在世界上的地位不断提高。

看着眼前这些英国、美国的中学生，我和同行者也感到有些惊奇。我们作为家长，都知道国内的学校经常组织学生去公园春游，但组织出国参观游览实在很难想象。当然这并不是我们的中小学生交不起旅游费用，而是我们学生管理制度、家庭教育方法与一些发达国家比较起来有着差距。我们的子女小学要勤奋学习迎接中考，中学要加倍努力迎战高考，一年两个学期，每个学期中大考小考不断，即使到了节假日，家长也会把孩子补习的时间排得很满……国内学生的成长环境，在一定程度上限制了他们的视野，使他们减少了接触社会、接触自然的机会。我们多么希望有一天能够在美丽的莱茵河上、在世界每一片土地上听到更多中国孩子无忧无虑地欢呼。

环望这艘并不大的游艇，上面载着来自十几个国家的客人，有高大的英国人、美国人，也有小个子的日本人；有黑发黄皮肤的亚洲人，也有金发高鼻梁的欧洲人。大家所讲的语言各不相同，但是，我从他们的表情可以读懂他们的语言。其实，表情的确是一种语言，一种交流工具。它在某种意义上，比语言能更生动、更准确、更深刻地表达一个人的思想。我想，游船上每一种语言都在感叹着同样的内容——莱茵河优美的风光。一时之间，我竟涌起拥抱的冲动，却不知该拥抱些什么；想要伸手紧紧抓住，却只抓住了瞬间的感动……

看着游船上每个人欣赏美景的表情，就能知道同样的景色，带给每个人的是不同的感受、不同的收获，有的人在看风景，有的人在看欣赏风景的人，各有乐趣。纵观这条已经流淌了千百年的莱茵河的历史，我感受至深的一点是，历史的潮流正如滚滚流过的莱茵河水一般，即使有浅滩、礁石，终究也会被征服于脚下，任何力量也无法阻断历史的潮流。几十年前的德国土地上，苏、美、英等同盟国，正在同法西斯德国生死角逐，为每一寸土地而激烈地争夺，几个民族之间几乎是不共戴天的仇敌，莱茵河上到处是炮火硝烟。几十年后的今天，这些国家的后一代们却在同一条游船上，面对人类的文明、大自然的美景谈笑风生。可见，和平与发展是永恒的历史潮流。

莱茵河畔的德国

    大凡到过德国考察或者旅游的人，几乎都在莱茵河上留下过遐思和赞叹。

    莱茵河是欧洲最重要的内陆水上交通要道，也是欧洲最具有人文价值、旅游特色和浪漫魅力的美丽河流。据德国相关资料介绍，莱茵河的名字从凯尔特语而来，其意大致为"流淌"。这条起源于阿尔卑斯山下瑞士境内格劳宾登州的河流，总长 1320 公里，流域面积 2252,000 平方公里，一路奔腾不息，最后在荷兰入海。它的沿途到处是旖旎的风光，而最具魅力、最吸引人的是流经德国美茵兹到科隆之间的莱茵河中部流域。

    我们考察团的考察路线，正好经过中莱茵这一段路程，所以有机会浏览这一画卷式的德国风景。我们是从中莱茵的一个小镇码头登上的莱茵河游船。这是一条中型游船，分上下两层，可以承载五六百名游客。正是七月的一天下午，风和日丽，碧波荡漾。一上船，我们就拥到了甲板上。甲板上游客很多，有几十个来自美国和英国的中学生。听说我们来自中国，这些中学生一下子兴奋起来，纷纷用英语向我们问好，还有的用中文给我们打招呼。这充分显示出中国在世界上的地位。我们的心情一下子灿烂起来，游兴也陡然高涨起来。

    看上去，莱茵河十分普通，既没有我国长江巨浪翻腾、两岸群峰争雄的磅礴气势，也没有黄河一泻千里、沿途高原竞秀的壮阔景象，甚至没有运河、淮河云霞弥漫、沿岸一望无际的碧绿的田园风光。然而，随着游船的缓缓行驶，你就会发现莱茵河承载着的是德国的另一种风貌。

莱茵河两岸连绵起伏的山峦上，矗立着一个个古时的城堡。看上去，这些城堡有的很古老，有的则明显是后来重建的。城堡大都建在山顶，因而，山势高处，城堡也高；山势低处，城堡也低，自然而然地形成了高高低低、错错落落、十分别致的气势和景观。城堡的造型各异，风格不同，特色鲜明，让人一看就明白是因为城堡的主人身份不同、投资不同以及城堡的作用不同造成的。据陪同我们的翻译介绍，这些城堡大多是中世纪留下的，一直完好地保存至今。有的是后来陆续重建的，但保留了当时的原貌。这些古代城堡中，有的住过英雄，有的住过盗贼，也有的住过一方诸侯。每一座城堡都有一段传奇故事，都有一个历史人物。德国史料记载，中世纪时莱茵河两岸是较为富庶之地，物产丰盛，人烟稠密。因为大量的物产要通过莱茵河运输，每天装载着各种各样财富的过往船只穿梭不息。源源不断的财富吸引着众多英雄豪杰、江湖大盗纷至沓来，在莱茵河上纵横驰骋，他们有的向来往商船征收税赋，也有的公开抢劫。那时的莱茵河上刀光剑影，战火纷飞，河中几乎每天都流着鲜血，河水日夜如泣如诉。那些在莱茵河上获得了财富的人，在两岸修筑堡垒，据险自守。如今，这些古老的城堡，成为莱茵河两岸一道绚丽多姿的风景，也成为德意志宝贵的历史文化遗产。我想，如果把莱茵河两岸比做中世纪德国的博物馆，一点儿也不过分。

　　莱茵河中段不仅史迹多，传说也多。在游船上，不时可以听到广播员用德语、英语和汉语的介绍，其中在德国脍炙人口，也在世界所有到过莱茵河的游客心中留下深刻印象的是一个名叫罗累莱的山崖。这个山崖虽然仅有一百三十二米高，但由于所处的河面只有九十米宽，将其衬托得陡峭、险峻。罗累莱山崖在莱茵河的东岸，河水流到此处时形成了一个曲线型的弯道，河水拍打崖壁，发出一种十分美妙的回音，动人心弦。因此，也有人称罗累莱为声闻岩。关于这个罗累莱山崖，还有一个美丽而古老、凄惨而浪漫的传说。传说中的罗累莱是个美丽超凡、楚楚动人的仙女。她生在莱茵河畔，迷恋着莱茵河，每天日出之后，都站在山崖上歌唱。她的歌声有一种磁石般的魔力，吸引着众多往来的船夫和商人。他们听见她的歌声，情不自禁地会仰头张望，想目睹她那迷人的风采，因而常常有人在不知不觉中忘乎所以，连船带人撞碎在岩上。有一天，一位伯爵的儿子乘着一艘豪华船只经过这里，也被罗累莱美丽动人的歌声迷惑，想登崖目睹她的风采，结果船撞到山崖上，人和船一起沉入河中。伯爵闻听此讯勃然大怒，当即派兵遣将前来捉拿她。罗累莱不愿落到伯爵手中受辱，她和六位姐妹亮开歌喉，一边歌唱，一边纵身跳到莱茵河奔腾的激流里。她在河里每天依然不停地歌唱，只是歌声越来越凄婉。德国著名诗人海涅曾写过一首叫做《罗累莱》的诗："传闻旧低徊，我心何悒悒。两峰隐夕阳，莱茵流不息。峰际一美人，灿然金发明，清歌时一曲，余音响入云。凝听复凝望，舟子忘所向，怪石梗中流，人与舟俱丧。"其实，不仅是海涅，雨果也写过歌颂莱茵河的诗篇。雨果笔下的莱茵河，是一头雄狮。可见当年的莱茵河水流湍急，气势磅礴。中国作家朱自清在游览了莱茵河后，也对着莱茵河抒发了一腔激情："仿佛自己已经跳出了这个时代，而在那些堡垒里过着无拘无束的日子……"

莱茵河谷自古至今一直是德意志思想最活跃的地区。马克思就诞生于莱茵河支流摩泽尔河畔的一座城市里。在莱茵河畔古老的城堡中，有一座叫马克思的城堡。刚听到介绍时，我们都感到惊讶：难道马克思也曾在莱茵河畔筑过城堡？后来翻译告诉我们这只是巧合的重名，我们才恍然大悟。莱茵河畔的科隆，古时就是大主教居住地。始建于1248年，历时数百年，竣工于1880年的科隆大教堂举世闻名，每天都吸引着数以万计的人们前往参观。那座诞生过贝多芬的莱茵河畔的小城波恩，从1949年到1990年则是德意志联邦共和国的首都……莱茵河沿岸一座座城市，仿佛一颗颗明珠，又如同一串串思想的火花。这不禁使我想起一位先人的话：大江大河不仅承载着商品，也承载着思想。看来十分有道理。

游船在缓缓行驶，莱茵河两岸的一座座城镇不断出现在我们面前。这时，你会感到目不暇接。在德国，城镇和乡村已经没有十分明显的差别，这些城镇尽管可以看到中世纪教堂的钟楼、尖塔，或者一些中世纪的其他建筑，在阳光照耀下光彩夺目，但更多的是一些现代化的景观。沿岸的高速铁路上，不时有一列列客车飞驰而过，在那些城镇的车站上下着旅客；高速公路上，红色、绿色、黑色、白色等不同色彩的车辆川流不息，仿佛流动的巨龙，又似跳跃的画面。在那些临近莱茵河的每一座小城镇中，都可以看到超市、医院、停车场、游乐场、公园，让人觉得那些城镇十分成熟，又十分现代。尤其让人不能不赞叹的是那些小城镇优美的环境。无论是屋顶、地面、街道，几乎一尘不染，像水洗过一样。岸边、坡上、田里，绿树或成行或环绕，苍翠欲滴。在河道窄的地方，岸上行人的表情都可以看得很清晰。不管是牵着牧羊狗散步的老人，嬉戏打闹的孩子，还是在工作着的人们，都显得很平静、很平常、很平安，给人一种和谐的印象。而这一切在青山绿水的衬映下，就像在画中，透露着浓郁的现代化气息，同时，也给古老的莱茵河增添了热情和活力。真是灵性的河水，灵性的人群。

据说，今天的莱茵河两岸，依然是德国经济比较发达、思想比较活跃、文化比较丰富的地区之一。我由莱茵河想到了黄河。那条哺育了中华民族光彩夺目文明的古老河流，那条被我们称之为母亲河的河流，很早的时候两岸也是富庶之地，曾经有"天下黄河富宁夏"之说。然而，这条河流，这位母亲正在日渐消瘦，慢慢衰老。据有关媒体报道，黄河流量在大幅度减少，而且经常出现断流。确实到了每一个炎黄子孙都应当为黄河尽一份保护之力的时候。

莱茵河流过的德国，是一座博物馆，是一幅水彩画，是一首美妙的诗。莱茵河畔的德国，是一个古老的德国，充满文明，充满诗意，充满魅力；莱茵河畔的德国，又是一个年轻的德国，充满活力，充满生机，充满希望。

清晨走过洪堡大学

柏林的清晨，空气十分清新，仿佛其中凝聚着磁铁一样的力量，吸引着初到柏林的人忍不住想走进其中。

走在清晨的柏林大街上，我感到有一种新生的力量在鞭策和鼓励着自己。这种新生的力量不是拂面的清风，不是嘤嘤的鸟语，也不是正在冉冉上升的太阳，而是城市中弥漫着的那种无形无声，但又激动人心的气氛。这一点，在走过洪堡大学时感受尤其深刻。

洪堡大学坐落在柏林市中心，与我们所住的宾馆只有几分钟的路程。我到达洪堡大学门前时，第一缕霞光刚刚跃上学校的大门，把大门照耀得金碧辉煌。大门旁有一块方形碑，上边记载，这所大学创建于1810年，是德国最古老的大学之一。它的前身是原先汉利希王子的王宫。直到今天，它的整体建筑还基本保留着当年王宫的面貌，只不过飘荡在校园里的不是皇家贵族奢华的酒气以及化妆品的气味，而是浓郁的学术气息。

有人曾形容说"没有洪堡大学就没有光辉灿烂的德意志文明"。看过坐落在这所大学里的一个个人物雕塑，我对这句话深信不疑。他们既是与这所大学有关的人物，也是对欧洲乃至世界文明都产生过深远影响的人物。这所大学的创始人威廉·冯·洪堡，是德国近代著名的自由主义政治思想家、教育家、外交家、比较语言学家和语言哲学家，曾出任当时的普鲁士教育大臣。洪堡的教育理念是，现代的大学应该是"知识的总合"，并首创性地提出了"研究教学合一"的教学方式，即致力于培养学生多方面的综合素养，提高学生的思维能力和思辨水平。洪堡认为，大学应该肩负着两项任务：一个是对科学知识的探求，另一个则是个性与道德的修养。为此，他还提出了大学的两项基本组织原则：寂寞和自由。有人把它归纳为"寂寞原则"和"自由原则"。"寂寞原则"包含着三层含义：第一，大学应"独立于一切国家的组织形式"；第二，大学应独立于社会经济生活；第三，甘于寂寞是做学问的重要条件，大学的教师和学生应甘于寂寞，不为任何俗务所干扰，完全潜心于科学。"自由原则"包含两层意思：外部的自由和内部的自由。外部的自由是针对国家而言的，要注重大学的权利与国家的职责；而内部的自由则是指大学的研究应遵从科学的内在要求，在自由的条件下进行。

洪堡在当时的条件下提出这些办学理念，应当说是对传统的修道院式教育的摒弃，是一种超前的现代化的办学理念。因此，后来有人把洪堡大学称之为现代大学之母。这种办学理念在世界上广为借鉴，至今还在影响着世界上众多的高等学府。站在洪堡的雕像前，望着他深思熟虑的神情，你不能不生出些许感叹。有人说一校之长是学校的舵手，我认为称为船长更贴切。舵手往往只管航行方向，而船长则更需要有全局观念、决策能力和开拓创新精神，决定着船的前途和命运。

在洪堡大学校区人物雕塑里，还可看到一些对世界产生过重要影响的人物：德国著名的哲学家费希特，一代哲学宗师、继费希特之后出任过哲学系主任并在1830年出任校长的黑格尔，古典语言学家奥古斯特·柏克，医学家胡费兰及农学家特尔，物理学家爱因斯坦、普朗克，哲学家谢林、叔本华，以及神学家施莱马赫，法学家萨维尼等人都曾在此任教。共产主义理论的创始者马克思、恩格斯，还有德国共产党创始人之一卡尔·李卜克内西也都曾就读过柏林洪堡大学，其他曾在此就读过的杰出人物还包括欧洲议会主席舒曼、哲学家费尔巴哈、著名诗人海涅、铁血宰相俾斯麦及作家库尔特·图霍尔斯基等。中国也有一些著名学者曾在这所大学留学，如美学家宗白华、哲学家陈康、物理学家王淦昌，等等。伟大的无产阶级革命家周恩来曾于1922年2月由法国迁居德国柏林，在洪堡大学勤工俭学。据有关资料统计，1946年至1985年间，洪堡大学先后向国际上一百五十位杰出人物颁发了名誉博士证书，其中就包括中国的周恩来和郭沫若。北京大学第一任校长蔡元培先生在留德期间，就曾广泛吸取了柏林洪堡大学的办学精神，丰富北大的办学理念，为北大成为中国最著名的高等学府之一奠定了基础。

这所大学先后产生过二十九位诺贝尔奖获得者，分布在化学、医学、物理和文学等多个领域。第一个诺贝尔化学奖的获得者就出自柏林洪堡大学，也就是当时的柏林大学。看着这些人物雕像，我的第一个强烈感受就是，这所大学具有一种广阔的胸怀，或者说是一种优良的品格，再或者说是高尚的学风，即包容。既然叫大学，就应当有着宽敞、祥和、平等、自由的学术氛围，容许各种思想、各种观点、各种流派、各种学者存在。正因为如此，这所大学才出现了无产阶级伟大的革命导师马克思，也出现了资产阶级自由派的代表人物。

清晨新鲜而又亮丽的阳光，在校园里涂抹着辉煌。和煦的晨风不时地送来一阵阵悦耳的乐声。循声望去，我看见在一株菩提树下，有一个长发少女正在拉小提琴。她的身子随着小提琴的节奏不时地扭动，长发也不时地飘舞，阳光透过菩提树落在她黑色的上衣上，仿佛缀满了一层闪闪发光的金丝，让她更加充满了想象，也更显得朝气蓬勃。如果不是看到她旁边的椅子上放着只学生常用的书包，我不会相信她是这所大学的学生。

这时，我才发现，走了半天，在校园里遇到最多的是一些过往的行人，也有一些外国游客在一座座人物雕像前，一边观看，一边低声议论，几乎看不到捧着书本孜孜不倦地学习的学生。由此我想到了学风问题。我们习惯于把埋头学习当作优良学风，把考试成绩作为衡量学生取得的知识的标准，从六七岁的童年到二十几岁的青年，也就是人生最宝贵的时期，几乎都是围绕着一些过去的知识、或者说传统的公式度过，等到拿到大学文凭，走出大学的围墙时，有不少人还需要重新学习。这种学习方式是否应当彻底改革呢？也许只有当文凭不再被人们作为就业、升职的重要条件，考入大学也不再是为了找一份职业时，大学才能真正称为"学"，才能培养出更多优秀的人才。直到走出洪堡大学，我还在想，一所大学，出了二十九位诺贝尔奖金获得者，到底有什么秘诀？是严谨的学术氛围，还是求真务实的精神？是超然俗事之外的境界，还是寂寞与自由共存的心态？这个问题的回答恐怕还有待时日。

勃兰登堡门

　　来过中国或者说熟悉中国的各国朋友，都知道北京天安门。在德国人心中，柏林的勃兰登堡门如同天安门在中国人心中的位置一样重要。它位于柏林市的市中心、菩提树下大街与六月十七日大街的交会处，既是柏林的中心，又是著名的游览胜地。德国人自豪地称其为"国门"，世界则称之为"德国的象征"。从德国各地来柏林的人，喜欢在勃兰登堡门前留影。世界各国到柏林的人，也几乎无一例外地要在这座大门前留下纪念。

　　远看午后阳光下的勃兰登堡门，仿佛一尊倚天而矗的雕塑，金碧辉煌，光彩夺目。让人由衷地感到，它不单纯是一座建筑，一座大门，而是一件具有很高观赏价值的艺术品，吸引你更想走近它，了解它。事实上，这座被称为门的建筑，的确是德国重要的文化遗产，也是世界文化遗产。

　　据史料记载，公元 1753 年，普鲁士国王弗里德利希·威廉一世定都柏林城，下令建造了十四座城门。由此可见，古代东西方的帝王建国定都后都把筑城作为大事。中国的北京、西安、南京等做过古代都城的，无一例外的都有城墙，而且又无一例外的都有若干座城门。作为柏林十四座城门之一的勃兰登堡门，由于地理位置显赫，国王弗里德里希·威廉一世便以家族的发祥地勃兰登来为其命名。我们从保存下来的历史图片中可以看到，那时的勃兰登堡门十分简陋，只是一座用两根巨大的石柱支撑起来的石门，它的作用也仅仅是城市的防卫需要。无论是建造勃兰登堡门的弗里德里希·威廉一世，还是数百年来从门下经过的达官贵人、平民百姓，怎么也不会想到，它今天不仅是柏林城仅存的一座城门，而且成了柏林城市的标志、城市的名片，以及德国民族精神的象征。这一点多少可以给我们这些当代人以启发：在规划一座建筑时，应当多想想它的生命力。这种生命力并不仅仅是建筑质量本身，更重要的是子孙后代对它的文化认同。

公元 1788 年，统一了德意志帝国的弗里德里希·威廉二世决定重建勃兰登堡门。他之所以要重建勃兰登堡门，是为了体现他的伟大胜利和他的国王地位。当时已在德国建筑界地位显赫、著名的建筑学家卡尔·歌德哈尔·朗翰斯承担重建的勃兰登堡门的设计与建筑工作。卡尔·歌德哈尔·朗翰斯绞尽脑汁，在参照古希腊雅典神殿的阿克波利斯建筑风格以及欧洲一些著名建筑的基础上，设计出了象征着凯旋意义的柱廊式城门。弗里德里希·威廉二世看了设计图后甚为满意，下令调集德国最好的建筑工程人员、投入相当可观的资金进行建设，于 1788 年正式开工，1791 年竣工，用了整整三年的时间，比弗里德里希·威廉一世初建勃兰登堡门还多了一年时间。一座城门用了这样长的时间，真正是精雕细刻、精益求精。这座重建的勃兰登堡门高二十米，宽六十五点六米，进深十一米，共有五条通道，通道之间还用巨大的砂岩条石互相隔开，条石的两端各装饰了六根高达十四米、底部直径为一点七米的多立克式立柱，是典型的柱廊式结构，显得高大宽阔，气势恢宏，蔚为壮观，与凯旋二字十分贴切。它被誉为德国古典主义建筑的杰作。加上统一凯旋的象征意义，使它具有一种震撼人心的力量。

公元 1794 年，弗里德里希·威廉二世为了显示皇帝的战车所到之处无不胜利的威风，又下令当时德国著名的雕塑家戈特弗里德·沙多在勃兰登堡门的顶端设计了一套青铜装饰雕像。雕像的内容是夸得利佳驾驭四匹马车的维多利亚战神。这种在欧洲比较常见的雕像，通常是皇帝取得了某次战役或者某场战争的胜利后，建造起来用于纪念的，但放在勃兰登堡门的顶端，就显得与众不同。在勃兰登堡门前抬头望去，那四匹形态各异、神采飞扬，拉着一辆双轮战车无所畏惧地向前飞驰的骏马，给人一种气壮山河、风卷残云的感觉。站在战车上的那位背插双翅的和平女神，一手执杖一手提缰，一只展翅欲飞的普鲁士飞鹰挺立在女神手执的饰有月桂花环的权杖上，显得气势非凡。这样一尊雕塑，更让勃兰登堡门显得大气磅礴。

与雕塑同时建设的，是各个通道内侧的石壁上镶嵌的、由沙多创作的二十幅大理石浮雕画。这群浮雕画的内容，描绘的是古希腊神话中的大力神海格力斯的英雄事迹。城门正面的石门楣上，还镶嵌有三十幅反映古希腊神话"和平征战"的大理石浮雕。在勃兰登堡门前，我突然之间想到，这是一个古代战场的缩影，或者说是一个凝固的历史瞬间。

1806 年 10 月，拿破仑率领的法国军队打败了普鲁士军队，穿过勃兰登堡门进入了柏林。拿破仑为了炫耀这一次的胜利，下令拆卸了门顶上驾驭四匹马车的维多利亚战神像，作为战利品拉回了巴黎。八年后的 1814 年，欧洲同盟军在滑铁卢大败拿破仑，神像又被普鲁士军队带回了柏林，重新安放在了勃兰登堡门顶上。为此，德国著名的雕塑家申克尔又雕刻了一枚象征普鲁士民族解放战争胜利的铁十字架，镶嵌在了女神的月桂花环中。从此，"和平女神"被改称为"胜利女神"，勃兰登堡门也逐渐成了德意志帝国的象征。

在勃兰登堡门前的广场上，反映第二次世界大战的一些历史图片吸引了我们的注意力。从展览的图片上可以看到，勃兰登堡门顶端的女神和驷马战车被炸得体无完肤，城门周围一片残垣断壁，雄伟的勃兰登堡门也成了一片废墟。1945 年的 5 月，苏联红军正是穿过伤痕累累的勃兰登堡门攻入柏林，占领了希特勒的地堡和国会大厦，宣告了第三帝国的灭亡。历史已经证明，无论是地位显赫的弗里德里希·威廉一世、弗里德里希·威廉二世，还是威风一时的拿破仑、震惊过世界的希特勒，之所以不能让勃兰登堡门和其顶端的胜利女神永远保持胜利的姿势，是因为他们进行的战争是非正义的战争。任何时候，非正义的力量都不可能成为历史的主流，否则，世界就没有和平、和谐。这一点，勃兰登堡门也是最好的见证。

1956 年至 1958 年，德意志民主共和国政府曾全面修复废墟中的勃兰登堡门。来自东、西柏林的文物修复专家，根据在二战中抢拓下来的石膏模型和档案照片，重新铸造了一套驷马战车及女神雕像。然而，在安装时去掉了女神权杖中的铁十字架和普鲁士鹰鹫。到了 1961 年 8 月 13 日，东、西柏林分界处建起了闻名世界的"柏林墙"，让处在东、西柏林交界点上的勃兰登堡门成了"柏林墙"的一部分。柏林墙在勃兰登堡门后划了一道弧形并向左右两边延伸，将整个柏林隔成了两半。当年曾作为德意志统一象征的勃兰登堡门，摇身一变竟成了军事禁区、德国分裂的标志、东西冷战的象征，这真是莫大的讽刺！

只要是一个热爱和平的人，都可以想象到在那段历史岁月中，勃兰登堡门在德国人心中的分量。它就像一道闸门，死死地堵住了东西德人统一、团结、进步的潮水。因而，当1989年12月31日两德统一、勃兰登堡门重新开放时，数以百万计的德国人涌向勃兰登堡门。那种欢呼雀跃、欢天喜地的情景，被定格在一张张照片中，就连我们这些来自异国他乡的人看了，也激动不已。1992年，经过彻底修缮的青铜车马及女神像又重新安放在勃兰登堡门上，向世人展示着统一后的德国的风采，勃兰登堡门也重新恢复了德国统一标志的庄严身份。

勃兰登堡门前的巴黎广场上，下午的阳光活泼地耀动，人们悠闲地散着步，享受着幸福美好的时光。广场上还有一些全身涂满油彩的艺术家，装扮成各种有趣的形象等待着与游人合影……看着四周繁华兴旺的景象和神采飞扬的人们，沉浸在和平气氛中的你，就会更加感受到和平的珍贵。

望着光彩四射的勃兰登堡门，我不由思绪起伏。其实，一个人有做人的尊严，一个民族有民族的尊严，一个城市也有城市的尊严。勃兰登堡门的重建，找回的是德国的尊严，也是世界的尊严。而真正能够让这个尊严矗立起来的，是和平与和谐，而并非战争与强权。

马恩广场随想

　　凡是到过德国柏林的人，都认同把柏林比作一本厚重的史书。那么，分散在柏林市区内众多的博物馆、广场、雕塑、古迹，就是一行行闪光夺目的史料。沿柏林著名的菩提树下大街到达东端，从绿荫环绕中可以看到一座具有文艺复兴风格的建筑，与其他众多建筑不同的是，它清一色红砖墙，格外引人注目。陪同的翻译告诉我们，这里就是原东德柏林市政府办公地，两德统一后的现柏林市政府也在这里办公。而与之不远，就是马克思—恩格斯广场。听到这里，我们的心一下子激动起来，快步来到马恩广场。

　　马恩广场十分广阔，敞亮，周围没有多少高层建筑，因而显得与蓝天很近，白云也仿佛触手可及。广场四周环绕的是苍翠的绿树，不熟悉的人从旁边的街道经过时，很可能不会想到里边有这样一片广场。走进去，一眼就可以看到绿草如茵的广场上那两个熟悉的老人——马克思和恩格斯的铜像，让我们这些来自中国、对他们怀着深深敬意的游客感到亲切而又熟悉，情不自禁地走近他们。

　　马克思、恩格斯的铜像呈古铜色，透着一种火一样的力量。铜像的设计者一定对马克思、恩格斯之间的关系十分熟悉，因此设计的铜像中，马克思安详地端坐着，恩格斯则端直地伫立在马克思的左侧。满脸络腮胡子的马克思，穿着一身合体的西装，双手平抚膝盖，端正地坐在一尊石墩上。他的神情，与我们经常看到的一样，深沉、严肃、坚定，又有些激动，一副典型的思想者的形象。他明亮的双眼深邃地注视着远方，里边仿佛有火花在跳动，让人感到这位无产阶级革命导师仍然在观察、在思索、在追寻着真理。站在马克思身边的恩格斯，身穿长外套，精神抖擞，气宇轩昂，炯炯有神的双眼也和马克思一样，凝望着远方，仿佛在向世人宣告，他时刻准备着用自己的肩膀顶天立地，与他志同道合的战友马克思一道去战胜任何困难，迎接一切挑战，为实现共产主义伟大理想赴汤蹈火。看到游人们争先恐后地站到两位导师的铜像前合影，我也情不自禁地走到两位导师身边与他们留影。不知为什么，我没有感到一点儿拘束，相反感到非常亲近，仿佛回到了童年经常在爷爷怀抱里嬉戏的时刻。

在马克思和恩格斯铜像前，我还产生了一个深刻的感想：马克思、恩格斯两位革命导师之所以能够留下光辉灿烂的思想、留芳千古的巨著，并且成为世界无产阶级的革命导师，与他们彼此尊重、诚实谦恭、互助友爱、亲密无间、和谐相处不无关系。马克思于 1818 年 5 月 5 日出生于德国普鲁士莱茵省特里尔城的一个犹太人律师家庭。他在 1835 年至 1841 年期间，先后在波恩大学和柏林大学攻读法学专业，并获得哲学博士学位。1844 年，马克思与恩格斯相识，并结成了战友。此后，两人一起合著了《神圣家族》《德意志意识形态》等书，并在 1848 年 2 月发表了共产主义运动划时代的标志——《共产党宣言》。1848 年欧洲革命爆发后，马克思在德国创办了《新莱茵报》。由于他从事无产阶级解放事业，几次被当局驱逐出普鲁士，颠沛流离，生活贫寒。他到过法国的巴黎，后又到了英国的伦敦，于 1883 年 3 月 14 日在伦敦与世长辞，和先他两年逝世的夫人燕妮一起安葬在伦敦的海格特公墓。

恩格斯于 1844 年在巴黎认识了马克思，相处相交长达近四十年。在 1848 年爆发的德国革命中，恩格斯曾亲自参加了武装起义。恩格斯在 1850 年 11 月重返英国经商，在经济上支持和帮助马克思，随后又参加了创建和领导第一国际的工作。恩格斯于 1878 年完成了著名的《反杜林论》。在马克思去世后，他整理出版了《资本论》的第二卷和第三卷，继续着马克思未竟的事业，于 1889 年领导建立了第二国际。1895 年 8 月 5 日，恩格斯在伦敦病逝。他们的经历、他们的友谊、他们的成就充分说明，人与人之间相互尊重、和谐相处是成就大业的必要条件甚至是首要条件。多少年来，我们的学术界、艺术界之所以产生不了他们这样伟大的人物和伟大的作品，恐怕缺少的就是他们那种人与人之间的关系。今天老师告学生剽窃自己学术文章的新闻见诸报端，明天学生告老师侵占自己学术成果的消息又上了互联网。学术之间的是是非非，真真假假，让人望而却步。我们在继承和发展马克思主义的同时，是否也应当发展和继承他们在学术上这种亲密无间的关系呢？

实事求是地说，在马克思和恩格斯的铜像前，我也产生过疑惑。马克思与恩格斯这两位坚定的"反资本主义者"，在东西德统一后，竟然被他们严厉抨击的"资产阶级""阶级敌人"塑像纪念，在资本主义社会的土地上高高矗立，简直有些不可思议。看着广场上来来往往的德国人，我不知道他们是如何看待这两位誓要做"资本主义掘墓人"的思想家的。但是我想，他们的敬仰之情还是显而易见的，否则也不会让这两位思想家的塑像安静地矗立在这片宽广的广场上，见证着德国的分裂与统一、东德共产主义的兴起和衰落了。由此也可见德意志民族对待历史的态度——铭记历史、正视历史；同时也反映出了这个民族的气质与性格——宽容、公允。这一点，马恩广场四周郁郁葱葱的绿树、绿色且透着清秀的草地便是佐证，连拂面而过的风都带着花草清雅的香气，虽然在阳光强烈的夏日，也没有灼热刺眼的感觉，因为到处都是让人眼睛清凉的绿色，充满活力，充满生机，充满希望。如果不是柏林人精心照料，这幅景象不可能延续至今。这不由让我想起二十年前，我还从事专业创作时，曾同两位老师到浙江宁波溪口参观。溪口是蒋介石的家乡。那里的一切如旧，从蒋家的宅院、屋子里的陈设，到蒋母的陵地，全都保护完好。我和两个老师感到困惑。新中国成立后，历经数次大大小小的政治运动，为什么蒋家的一切还保护得完完整整。由此可以看出中国共产党人的胸怀以及实事求是的精神风貌。

在马恩雕像的不远处，还高高矗立着两块不锈钢纪念碑。据说，这两块纪念碑是为纪念世界共产主义运动而树立的，高大的碑身直指云霄，上面嵌刻着许多年代久远的老照片，都是关于世界各国的共产主义运动的珍贵历史照片。我凑上去仔细观看，的确是一些曾经见过的、世界各地共产主义运动的历史写照，尤其吸引我注意的是几幅有关中国共产主义运动的照片。这些照片多数是民国时期的，有五四运动的，也有工人罢工斗争的，看着这些熟悉的黄色面孔，我心中不由得涌起了一股亲切的感觉。有趣的是，这些历史照片的上面全都是普通民众的面孔，并没有各国叱咤风云的政治人物或知名的领袖，因为共产主义运动依靠的就是普通劳苦大众的力量，可见德国人是深深地了解了共产主义精神的内涵的。据说，在两德统一的时候，曾有人叫嚣要把马恩广场和旁边的红楼都拆掉。然而，这个提议遭到了市民的强烈反对，其中有原东德人，也有原西德人。他们认为，历史就是历史，谁也不能妄图忘记历史，甚至是抹除曾经真实存在过的历史，惟一应有的态度是正视历史、铭记历史，把历史真实客观地传给子孙后代。这又不能不给我们以启示：人，不仅要与人和谐相处，与大自然和谐相处，还应当与历史和谐相处……

柏林的性格

　　一个城市的性格，也与人的性格一样，需要经过很长时间的磨砺，才能真正成熟起来。无论一个人或者一个城市，没有经过磨难，不可能形成自己独特的性格，换句话说就是不可能形成成熟的性格，而没有经过磨难的民族，同样是不成熟的民族。所以，你要真正了解一个城市的性格，必须了解它的历史，也必须了解它的现实，同时还要了解这个城市的人们。从德国柏林归来后，我用了很长时间，才算对这座城市的性格有了浅显的认识。

　　同欧洲一些古老的城市如罗马等相比，柏林应当说相对年轻，只有八百年的历史。据史料记载，柏林原来没有城，也没设市，只是因其交通方便，位置显要，驻扎着军队，还有一些商人，逐渐形成了一个人口相对密集的居住区。这一点，同世界上许许多多城市的早期经历没有太大区别。人类的居住地总是同环境密切联系，其首选条件是地理位置、交通优势、资源情况，直到今天依然如此。这同样也是一些城市最初的性格：宽容、善良。中国有句说人的古语，叫做"人之初，性本善"，一个城市也是这样。刚开始的时候，它善待每一个到来者。否则，就不可能人越聚越密，房越建越多，城越来越大。到了1307年，一个小城市同柏林合并，形成了今天柏林的雏形。弗里德里希一世后，柏林被提升为普鲁士王国的首都。1451年，选帝侯弗里德里希二世下令将这样两个小城的联合体定为国都。在普鲁士王国时期，柏林兴建了一大批后来被载入史册的建筑。今天看来，这些建筑反映着当时的统治者塑造这座城市性格的思想，后来有人称之为普鲁士精神。普鲁士精神的实质一直有着争议，英国前首相丘吉尔甚至把它贬斥为"普鲁士是万恶之源"。二战后，盟军向世界郑重宣告，永久解散普鲁士。事实上，从普鲁士王朝时期起，柏林的性格的确在起着变化，最明显的标志是有些压抑。那个时代留下的最辉煌的建筑，大多都有一个圆顶或者雕塑，表现的是帝王和宗教的地位、权威、尊严。从严格意义上说，压抑太久，必然带来不可预计的后果，比如战争。1806年至1808年，柏林被拿破仑占领。拿破仑掠走了原先安置在勃兰登堡门上的驷马战车，让柏林的性格变得更加压抑。

拿破仑败走以后，柏林被压抑的性格一下子得到了释放。之后的几十年中，柏林的经济得到了飞速发展，城市人口也增长迅速。一些著名的建筑师如申克尔等，在柏林建起了一座座富丽堂皇的传统建筑，以及一座座色彩斑斓的公园。这个时期，柏林的性格又有些狂妄了。这种性格导致的结果仍然是战争。第一次世界大战德意志帝国战败，柏林陷入严重危机。1918年，德意志共和国在柏林宣告成立。在那些年中，柏林开始得变得冷静、理智。尽管当时的经济条件十分困难，社会不断出现革命和骚乱，赔款与制裁几乎将柏林推向了崩溃的边缘，但柏林的文化生活仍呈现出一片繁荣景象。创新的话剧、名人云集的首映式、富有节奏的夜总会以及前所未有的夜生活使柏林成为"黄金时代"的中心城市。

可惜好景不长，经过十几年的发展，柏林刚刚恢复了些元气，1933年希特勒上台了。在炮制了臭名昭著的"国会纵火案"之后，犹太人、共产党人、反对派等各界人士遭到了纳粹的残酷迫害。纳粹统治下的柏林，理智渐渐被狂热代替。看起来，一个城市性格的改变，在某些方面如同一个人的性格一样，只要有一种力量促使，就可能发生改变。这种性格的结果，是第二次世界大战的爆发。在纳粹的独裁统治和二次大战之后，1945年的柏林成为一片废墟，并被四个二次大战的战胜国占领：苏联（东区），美国（西南区），英国（西区），法国（西北区）。此后一段岁月中，柏林的性格又变得沉默，或者说内向起来。这种性格对于一个城市来说未必不是好事。沉默和内向可能让人觉得高深莫测，但同时也是一种成熟的象征。

1989年11月9日，随着柏林墙的轰然倒塌，东西德终于在1990年实现了统一，柏林也再次成为联邦政府的所在地。1999年4月19日，德国议会第一次在修缮一新的国会大厦举行大会。国会大厦新建的玻璃穹形圆顶，如今吸引着来自德国和世界各地的旅游者前来参观。在新旧世纪之交，柏林在勃兰登堡门前以热烈的气氛庆祝新世纪的到来。从那时起，柏林又一次发生了巨大的变化，而今这种变化仍然在继续，在带领着柏林走向和平美好的明天……

　　柏林是一座历经挫折和磨难的城市。正是因为有了太多的挫折与磨炼，造就了柏林性格的大起大落，直到变成今天的稳健和坚强。走在今天柏林的大街小巷，你可能会对这座城市的性格有所体会。

　　今天的柏林街头，车水马龙繁忙异常，各种大都市特有的声音充斥着人们的耳膜，高大的现代化办公楼反射着太阳的金光，来自世界各个地方、各种肤色的人们，一边走在宽广的菩提树下大街上，一边用不同的目光打量着这座现代气息浓厚的活力都市。若不是人类发明了照相机这种东西，有谁能想象得到，二战结束后的柏林，全城浓烟滚滚、大火熊熊、到处是断垣残壁。那时的人们，谁能料到柏林会有生机勃发的今天呢？二战结束时，合众国际社记者约瑟夫·格里格在1945年5月8日来到柏林，采访盟国受降仪式，当天发回一篇电稿，这样写道："柏林死了，作为一座城市，它已不复存在。它和斯大林格勒、考文垂、德累斯顿、科隆一样彻底毁灭了。只有郊区才有人住，也只有在郊区，才使人想到这里曾经是座城市。"是的，这里曾经是一座城市，这里现在依然是一座城市，一座还在发展腾飞的城市！作为奇迹的见证者，柏林的威廉大帝纪念教堂一直矗立在市中心，默默地看着德国人一砖一瓦地建起了新柏林。

　　威廉大帝纪念教堂建于1891年至1895年间，原是为表彰"第二帝国"的创立者、德意志皇帝威廉一世而建的纪念教堂，它是一座新罗马建筑风格的大教堂，正好坐落在原东德与西德的交界处。第二次世界大战时，作为纳粹德国指挥中枢的柏林曾经遭到盟军的猛烈空袭，包括此教堂在内的许多大型建筑都没能逃过炮火袭击，教堂塔楼的顶层在一次轰炸中被炮火削去了，教堂的墙面也斑驳倾毁，几成废墟。战后，柏林的其他建筑都得以一一复原，只有威廉大帝纪念教堂还保留着被破坏的历史原貌，没有加以修葺。现在的威廉大帝纪念教堂和四周现代化的大楼极不相衬，却也特别引人注目，每一个经过此地的人，都会被唤起对战争灾难的回忆。在1959年至1961年间，德国政府又在它的毗邻处新造了一座镶有蓝花玻璃的平顶八角形新教堂。这座被柏林人称为"蛀牙"的教堂，其宗教功能已经被两座分立两旁的超现代摩登大楼——"新教堂"和"新钟楼"所取代，在"新教堂"和"新钟楼"，人们可以礼拜、可以倾听很棒的管风琴演奏，也可以欣赏另一种由简单营造出来的静肃之美。而如今仍保留着原貌的十几平方米大的塔楼，墙上则挂满了威廉大帝纪念教堂从兴建到被炸的珍贵历史图片，记录下了战争给教堂带来的灾难。

德国人、柏林人就是这样以各种各样的方式在铭记历史，也在祈祷和平。他们现在常说："第一个开枪的，第二个死亡。"也许威廉大帝纪念教堂代表了一段历史、代表了惨痛的过去，那么德国统一后新建的波茨坦广场，则代表了柏林的未来、代表了柏林朝气蓬勃的新生。

波茨坦广场处在柏林的心脏地带，建于腓特烈威廉一世时期，二战之前是欧洲最繁华的地方，也是联结东西柏林的纽带。而在二战后，这里成了一片荒凉之地，1961年，东德在波茨坦广场建起了柏林墙，这里又成了空旷的无人区。在战争残酷的摧残下，昔日繁华的波茨坦广场，几十年间杂草丛生，一片荒芜景象。两德统一后，波茨坦广场得到了新生，德国政府聘请了国际上著名的建筑设计大师对其进行了统一设计，组成了新的建筑群，这里一度成为欧洲最大的建筑工地，终日机器轰鸣。就是在坚韧不拔的柏林人手中，在运转不停的"德国制造"的机器声中，波茨坦广场走向了新生。新的波茨坦广场成为了新柏林最有魅力的场所，集餐馆、购物中心、剧院及电影院等于一身，不仅吸引着世界各地来此观光的游客，也吸引着柏林人经常到此一游。一些国际上著名的大公司也纷纷落脚这里，戴姆勒·克莱斯勒、索尼公司欧洲总部……由波茨坦广场的新生，人们看到了德国的希望。现在的德国人对战争十分厌恶，一方面对二战深表忏悔，乞求世界人民的原谅；另一方面他们没有一蹶不振，在世界面前抬不起头来，他们保持了自己的骄傲——德国式的骄傲，因为一个敢做敢当的民族，是值得其他民族去尊重与敬佩的。正视历史，以史为鉴，这就是这个民族的性格。

走在柏林的街头，你会发现柏林人无论男女，走路的姿势、脚步的落地都特别有力，用昂首阔步，一步一声，一步一个脚印来形容恰如其分。这稳健、有力的脚步，是否也可以从一个角度反映出柏林人的性格，或者说柏林的性格？

菩提树下大街

早些年，我读过朱自清先生的一篇名为《柏林》的散文。在这篇散文中，朱先生曾用充满感情和活力的笔墨描述了柏林的菩提树下街。他写道："最大最宽阔的一条叫菩提树下，柏林大学，国家图书馆，新国家画院，国家歌剧院都在这条街上……"我一到柏林，就按照朱自清先生的描述，找到了菩提树下街。

菩提树下街是柏林乃至欧洲著名的林荫大道，已有数百年的历史。据说，这条街道是在腓特烈大帝时修建的。它从勃兰登堡门向东，到皇宫大桥（又称马克思—恩格斯桥），全长一千四百七十五米，宽六十米，有八条行车道。从相对窄一些的街道，一踏上这条街，眼界一下开阔起来，心胸也为之开朗很多。你如果不用心观察和体会，可能会认为这不过是繁华都市中供行人和车辆使用的一条街道，在世界所有的大都会都可以看到。事实也的确如此，不用说发达国家的都市，就是我们国内的一些城市，这些年也是街道越拓越宽阔，街灯越换越漂亮，楼房越盖越高大，树木越来越名贵……但是，你如果用心观察和体会，就能发现菩提树下大街的与众不同，就能感受到菩提树下大街的丰富内涵，同时，也会有新的发现，新的想象，也会产生很多思考。

我到菩提树下大街时，正是傍晚时分，不断变幻的阳光，像一支支彩笔，把街道两旁形形色色的古典式建筑涂染得五光十色。大街北面的建筑物有德国历史博物馆、新守卫宫（受法西斯及军国主义迫害者纪念堂和受强暴及战争迫害者纪念堂）、洪堡大学、老图书馆；南面有国家歌剧院、歌剧院咖啡馆……据陪同人员介绍，菩提树下大街两旁的建筑物，大多有相当长的历史。洪堡大学是柏林最古老的大学，前身为成立于 1810 年的柏林大学。二战后期，垂死挣扎的德国法西斯军队，同盟军曾在这条大街上进行殊死搏斗，一座座富丽堂皇的古建筑在战火中变成废墟。我们现在看到的古建筑，大多是在二战后期仿照原来的模样重新建造的。但是，你走在大街上，看着这些古色古香、金碧辉煌的建筑，甚至走近它、抚摸它，丝毫不会感觉到它们是战后重建、只有短暂的几十年历史。

大街上也有不少现代化的建筑，像宾馆、商店等，耸立在街道两旁。这些现代建筑与各种古老的显得很旧的普鲁士建筑相依在一起，不但没有让人感到别扭，反而让人感到魅力四射。夕阳的金色余晖洒落在这些古老建筑的屋顶上，让人油然生出历史的沧桑感。崭新与陈旧、古老与年轻、高大与低矮的建筑交错而立，就好像一幅四世同堂的全家福：端庄沧桑的老太太旁，站着的是意气风发的小伙子；严肃刻板的老爷子旁，坐的是头发染成五颜六色、打扮得花枝招展的小姑娘……这条街还是朱自清当年看到的街，楼却已非当年的楼，来来往往的德国人更是早已不复当年萧索的心态，真是"人面早已换新颜，老街依旧笑春风"。我这样一边走在街上，一边不禁猜测：这街两旁的宫殿里曾经发生过怎样的悲欢离合？这些博物馆、图书馆里都珍藏着什么样的历史碎片？这些崭新的现代建筑里又正在上演着什么样的剧情？为什么柏林人在战后重建时，要恢复古代建筑的原貌？他们到底出于什么样的考虑？也许这就是菩提树下大街的深刻内涵。人们常说建筑是凝固的音乐，可是我觉得菩提树下大街两旁的古建筑，却是有活力、有思想的生命。它在向人们展示德意志民族历史的同时，也在向人们展现德意志人民的骄傲。

菩提树下大街得名当然是因为两旁矗立着一排排菩提树。菩提树四季常绿，生命旺盛。这是一种很有个性的树木。树干挺拔坚强，显得十分威武，但树叶却又婀娜多姿，显得温柔浪漫。微风吹来时，整个街道的菩提树随风婆娑，像是一条绿波荡漾的河流，又仿佛一群身穿绿色长裙翩翩起舞的少女，给人一种赏心悦目的浪漫风情。两排树的中间，不时出现休闲的地方，摆放着一些桌椅，这就是柏林常见的临街露天咖啡馆和酒吧。每个这样的露天咖啡馆和酒吧，都坐着很多人，多数是柏林当地人，而且以年轻人为多。他们有成群结伙的，也有情侣，还有的是独自一人。他们一边喝着咖啡或啤酒，一边交谈，显得轻松而愉快。有人说走在或坐在菩提树下，感受到的空气都不一样，就像在吸氧，是一种享受。不同肤色的外国游客，在旅行疲累时也到露天咖啡馆和酒吧休憩。从露天咖啡馆和酒吧里不时传出一阵愉悦的笑声，穿过菩提树浓密的树阴，向空中散去，与远处街头艺术家演奏的悠然的乐声相融合，使这条菩提树下大街更加充满魅力。

沿着菩提树下街向东走，尽头是柏林有名的乐园广场。广场的南边曾经是普鲁士王宫，朱自清便曾经目睹过这座金碧辉煌的"故宫"的风采，然而在第二次世界大战中，这座普鲁士"故宫"被毁于战火，变成了满是残垣断壁的瓦砾场。这片废墟现在已经被开辟为马克思—恩格斯广场，马恩广场的一侧有用巨型玻璃镶嵌的宏伟的"共和国宫"。这附近还有一座高达三百六十五米的电视塔，在上面可以俯瞰整个柏林的风光。而广场的北面则是著名的"博物馆岛"，这里汇集了老博物馆、老国家美术馆、皮尔卡蒙博物馆等众多的博物馆，珍藏了来自世界各国的珍贵艺术品。对于爱好艺术的人来说这几乎就是个"天堂岛"了。岛上最为华丽的建筑莫过于柏林大教堂，它曾经是普鲁士王室的大教堂，可以说从里到外都非常的金碧辉煌雍容华贵，普鲁士王族的棺椁几乎都在这里安放。

菩提树下街的西端，耸立着闻名世界的勃兰登堡门。这座被人们誉为凯旋之门、和平之门的建筑，为菩提树下大街甚至整个柏林增添了几分骄傲，几分辉煌。菩提树下大街上还散落着一些雕塑。这些雕塑大都与菩提树下大街或者柏林有着或多或少的联系。我经过的地方有一座德皇弗里德利希二世的骑像，威武雄壮，气宇轩昂。其他那些人物雕像也都栩栩如生，精神焕发。如果把菩提树下大街发生过的故事编成一本史书，这些雕塑无疑是这部史书中最精彩一页。很多来自不同国家、穿着不同服装、有着不同肤色的外国游客在勃兰登堡门前和大街上的一些人物雕像前留影。我想，他们要从这里带走的，并不仅仅是一个建筑、一个人物的影像，或者说一段历史，而是要带走一种文化，一种思想。

波恩市政府广场上看夕阳

在德国考察期间，我们还访问了莱茵河畔的古城——波恩。

波恩位于七岭山和艾弗尔山之间、美丽的莱茵河谷内，是北莱茵——威斯特法伦州十大城市之一，人口超过三十万。从最早见于史料的记载算起，波恩已有两千多年的历史，位于市中心的敏斯特广场，就是波恩最早的发源地。德语"波恩"的字面意思是"兵营"，就是说波恩最早是以兵营出现在世人面前的。史料记载，最早在这里建立兵营的是罗马帝国的军队。他们在此建立了古罗马军团的营地——"卡斯塔·波恩内恩西亚"，即军事要塞。直至今天，波恩城内城外还残留有当时罗马人的城堡，以及供奉着古罗马军团中两名天主教殉道者——喀丘斯和弗兰丘斯遗骨的大教堂。这些古罗马时代的建筑，如今依然矗立在富丽堂皇的现代建筑群中，显示着古罗马帝国昔日的辉煌。

我们就餐的中国餐馆坐落在市政府广场。从中餐馆向外望去，广场的四周布满了商场和各式餐馆，人来人往，热闹非凡。广场上还有露天酒吧，很多人都在露天酒吧饮酒，享受着工作之余的轻松时光，也给广场增添了不少繁华景象。起初我们并不知道这就是市政府广场，还以为这里只是普通的商业区或者类似国内的酒吧街，经陪同的翻译介绍才知道这里就是波恩市政府所在地，对面那栋不起眼的楼房，竟然就是波恩市政府的办公楼。这栋政府办公楼四周既没有执勤的警卫，也没有站岗的保安，更没有"五十米内严禁摆摊"之类的警示牌，它甚至就是故意那样自然地隐藏在了一片商场、饭馆的喧嚣之中，乐呵呵地与讨价还价的小市民们打成一片……

望着这座不像市政府的市政府办公楼，我不禁感叹纷生。波恩这样一座并不算大的城市，在德国拥有着相当强的经济实力，波恩生产制造的商品上的"波恩制造"标签成为了质量与信誉的保证。除了哈里波的橡皮小熊糖、德意志海洛德保险，还有克吕科穆勒的电器这些著名的品牌，在波恩大约有超过二万名职员分别在六百个企业中从事信息或通讯工作——今后波恩的目标是努力发展成为一个重要的信息科技与电信中心。而其中最具代表性的，无疑是德国电信公司以及它的子公司——德国移动通讯公司，这是整个欧洲最大的电信企业。而德国最大的物流企业——德国邮政也把总部设在了波恩。德国之声更以超过三十种语言向全世界播送节目，因此波恩也集中了大量的语言服务行业。为何波恩能够在失去首都地位之后，成功转型并迅速发展了经济，究其原因，恐怕从这朴实而平民化的政府办公楼便能看出一二了。

朴实的政府是波恩的传统，也是德国的传统。在波恩还是联邦德国首都的年代里，政府便力求简朴、务实了，走在波恩的大街上，你完全无法想象，它曾为世界第三经济强国的首都。一个典型的例子就是原联邦议会大厅。原联邦议会大厅是一座半建于地下的钢架结构的玻璃建筑，从外表看上去，它像一个大玻璃温室，仿佛就是个蔬菜大棚。只要站在马路上就可以看清内部的会议大厅和议员休息室，如此设计据说是因为联邦德国的领导人们想借此宣扬他们的政治公开和透明。还有联邦总理府，竟然是一座很不起眼的白色楼房。德国领导人就是在这个朴素安静的角落里，领导着联邦德国战后四十余年的经济建设，使其从一片瓦砾废墟中重新站起，并成为经济发展的神经中枢！

联邦政府其他机关如外交部、财政部等部门的办公地点也都非常平常简朴，都是看上去毫不起眼的小楼，既不堂皇华丽也不巍峨高大。这正是小政府、大社会，追求效率与务实的真实写照，这也是政府在向人民表明它的清正廉洁，号召人民同政府一道发奋图强。而人民所拥戴的正是这样的政府：他们并不靠豪华的办公楼来显示欧洲实力最强国家的气派，真正的气派只能由实力来说话。由此可见，政府在市民的心目中会处在什么样的地位。不仅仅是在波恩，德国的很多政府机关都很朴素，许多世界闻名的机构与部门都是设在陈旧不起眼的小楼里，而办公环境的简陋不但没有影响办事效率，反而凝聚了民心、增强了政府的号召力。

这让我想到国内的一些情况，不禁感到汗颜。无论是富裕地区还是贫困地区，盖新行政楼、新办公楼、新宾馆、新广场的攀比之风愈演愈烈。尽管党中央、国务院三令五申，也处理过一些顶风犯案的地方政府官员，还是屡禁不止。不仅一些富裕地区的乡镇政府办公楼盖得比柏林市政府、波恩市政府还要高大，甚至一些贫困地区的政府办公楼也在争先恐后地"鸟枪换炮"。不知那些放着乡镇小学危房不翻修、交通不便不修路、城市基础设施严重超载不解决的政府官员们，在看了德国的政府办公楼后会作何感想。

访问贝多芬

　　到了波恩，不能不去拜访举世闻名的音乐家贝多芬的故居。由于考察团的日程安排较满，没有单独安排这个时间，所以，我利用早晨起床后的时间专程去了一趟贝多芬故居。

　　从波恩老城集市场广场朝西北方向行走不远，有一条叫波恩的小巷。这条小巷同我们在德国一些城市见过的许多古老的小巷一样，并没有什么特别之处，也谈不上什么特色，只是因为每一位到访者都带着贝多芬情结，所以心灵上的感觉不一样，总觉得有一种音乐声在耳边萦绕。

　　小巷的 20 号就是贝多芬的旧居。据史料记载，这位闻名世界的古典音乐大师，于 1770 年 12 月 16 日出生在这里，并在此生活了二十二年，创作了 40 多首闻名于世的伟大作品，直到 1792 年，他去维也纳拜海顿为师，才依依不舍地离开了这条小巷。在这条小巷生活的二十二年里，他曾一次次从小巷里的石板路上走过，一边走，一边思索，一边轻轻哼着他的音乐。那是一个伟大的音乐家分娩的过程。毫不夸张地说，这条小巷的每一条石缝里，都渗透了贝多芬的音乐，每一片砖瓦里，都凝结着贝多芬思想的火花。我从波恩的介绍中看到，贝多芬一家在波恩也曾因各种原因搬迁多次，只有矗立于波恩小巷的这幢三层小楼的贝多芬故居完整地保留了下来。由此可见波恩人对贝多芬的热爱程度，贝多芬音乐的力量和思想的力量，一直是波恩人的精神宝库。从某种意义上说，音乐所代表的思想具有历史的厚重感、深远感，又具有陶冶性情、激励人心的作用，它的力量是无形的，又是巨大的。

绿荫覆盖的贝多芬故居的小庭院，仿佛是一座德国古代民俗博物馆，让人思绪起伏、流连忘返。古色古香的手压式汲水机、酿制葡萄酒的工具和大木桶，向来访者展示着这座小院的历史，同时，也展现出当年小院主人的生活情景，具有一种吸引人的力量。你不仅想走近它们，还想抚摸它们，亲近它们，与它们轻轻说上几句话。这时，你耳边会不由自主地响起贝多芬那些动人心弦的乐曲。有人说，越是艰苦的环境越能磨砺人，锻炼人，让人成长得更坚强。事实上，这话只说对了一半。从贝多芬的旧居可以看出，他当时的成长环境并不是多么艰难，条件相对还不错。由此可见，环境对人的影响只是一个方面的因素。一个人能否创立伟大的事业，关键还在于他的天才和勤奋。

早在 1889 年，为了纪念贝多芬这位音乐大师，波恩就把他的故居辟为纪念馆。馆内藏有贝多芬生前的一些珍贵的资料，如贝多芬出生时教堂洗礼的证书、童年时的用品、一些乐谱手稿、音乐作品的最早印刷品、收藏的画和乐器，还有他最后用过的钢琴和听筒等等。不管岁月怎样变迁，即使在战争时期，这片地方都被很好地保护着。看来人们对这位为波恩带来了显赫荣誉的"波恩的儿子"，怀有深深的感情。

1946 年 5 月，波恩人恢复了因二战而搁浅的一年一度的贝多芬音乐节，并一直延续至今。每年，波恩都要举行一次贝多芬音乐节。有人曾说过，世界上的人们，能够记住波恩每届市长甚至德国每届总理的不多，但贝多芬却是永远不能忘记的。这句话不仅在今天，就是以后若干年后也不为过。也许正是因为这一点，才让屡次成为政治中心的波恩，少了一些浮躁的政治气氛，多了一些浪漫的艺术气息。

魏玛精神

魏玛与其说是一座城市，不如说是一座具有活力的博物馆。

魏玛位于德国的中部，柏林和法兰克福两个德国著名的城市中间。它现在隶属于图林根州，在州府以东二十公里处。从柏林开车出来，行驶大约两小时就可以到达。据陪同我们的翻译介绍，来德国考察或者旅游的朋友，大多都要到魏玛看一看。我们问他为什么？他略加思索，很认真地回答说，魏玛精神具有吸引力。这就更加激起了我对魏玛的兴趣。

实事求是地说，刚进入魏玛时，我的心凉了半截：眼前的街道并不宽敞，建筑大多二三层高，市容也不豪华壮丽，还不及我国南方一些经济发达的乡镇繁华。但是，在魏玛走了半天之后，我深深地被它的魅力折服了。

魏玛的魅力首先来自它那悠久的历史和深厚的文化传统。魏玛有记载的历史可以上溯到公元975年，这一年，神圣罗马帝国皇帝奥托二世在这里大会诸侯。1547年，魏玛成为萨克森—魏玛公国的首府。据陪同我们的翻译介绍，魏玛城里至今还有那一段历史时期的宫殿，郊外还有那个时期的贝尔维德雷宫和梯夫特宫遗迹。不过，那时的魏玛规模很小，房屋只有六七百座，人口只有数千人，道路也不通达，最近的邮车站距魏玛十五公里，位于莱比锡到埃尔福特的路上。据说那时"魏玛城里的马厩场不时地散发出不甚美妙的气味，搞得整座城市常常'沉浸'在马厩的气味当中，被刻薄的人戏称为'弥漫着马厩气味的宫廷'"。由此想象，魏玛宫廷图书馆里弥漫的书香中，定然还掺杂着马饲料的草香；魏玛宫廷剧院里回荡着哈姆雷特"to be or not to be"的痛苦抉择时，定然也荡漾着马嘶牛鸣的伴奏……我国农村有句形容村庄小的话，诙谐而又恰当，叫做"打个喷嚏全村都听得见"。当年的魏玛恐怕就是这种情景。

魏玛最具魅力、也可以说最为辉煌的历史，无疑是歌德带来的。1775年，年仅二十七岁的歌德来到魏玛；第二年，他被委任为这个小国的枢密顾问；到了1782年，又被任命为公国的宰相。这时的歌德，早已蜚声欧洲文坛，除了众多优秀的诗作，他已经写出了剧本《铁手骑士葛兹·封·伯力欣根》、诗剧《普罗米修斯》等名著。尤其是那一部至今仍然脍炙人口的《少年维特之烦恼》，更使他名动欧洲。

应当说，歌德是尽职尽责的。无论是铺路、筑桥、建房，还是财政税收、种田植树、整顿军队、创办剧院，甚至组织宫廷的娱乐活动，他都事必躬亲。然而，沉重而又繁琐的行政事务并没有影响到他的创作。相反，生活给予了他无穷无尽的创作源泉，直到1832年逝世之前，他陆续完成了小说《威廉·迈斯特的学习年代》，完成了叙事诗《赫尔曼和窦绿苔》《威廉·迈斯特的漫游时代》、诗集《西东和集》、自传《诗与真》《意大利游记》以及众多作品，并且完成了名垂千古的史诗性巨著《浮士德》。

歌德对魏玛的最大贡献还远不止于此。他以博大的胸怀，将一些著名的文化人士邀请到魏玛，给予他们创作上的支持，让他们在魏玛创作出一批文学名著。这其中就有欧洲著名诗人席勒、钢琴大师李斯特。在魏玛自由的氛围中，席勒写出了剧本《威廉·退尔》。这个剧本歌颂了瑞士传奇式的英雄，鼓舞了人民反抗专制的斗志。两位诗人的友情，成就了德国文学史、文化史上"魏玛古典文学"的辉煌。李斯特在担任魏玛宫廷乐长期间，创作了《但丁交响曲》和《浮士德交响曲》等杰出的音乐作品。他还指挥了同时代作曲家瓦格纳、舒曼、柏辽兹和他自己作品的演出，让魏玛无可争议地成为当时欧洲的音乐中心。直到今天，李斯特创办的魏玛音乐学院在欧洲仍然享有盛名。1860年，魏玛还创办了一所美术学院，德国最重要的印象派画家利贝曼曾就学于此。1919年，建筑艺术家格罗皮乌斯把这所学院和实用美术学校合并为公立包豪斯学校，开创了现代建筑主义学派。1933年以后，许多曾在此任教的艺术家流亡国外，将他们的思想传播到世界各地，为各国建筑界所推崇。一个个文化名人接踵而来，一时间，魏玛城里人才济济。曾经偏远、僻静、默默无闻的小城魏玛，渐渐成为欧洲的文化名城。

魏玛不仅被文化的浓墨重彩渲染得五光十色，使它闻名于世的还有曾兴盛一时的魏玛共和国。第一次世界大战后，德意志的将领们集体推翻了皇帝，王侯们也纷纷退位。1919年，德国国民议会在魏玛通过了德国第三部宪法，也是德国实行共和后的第一部宪法——《魏玛宪法》，同时，宣告魏玛共和国诞生。实事求是地说，历史之所以选择魏玛，德国之所以选择魏玛，与歌德等一批文化名人倡导自由不无关系。但是，没有很深基础的共和国大厦，在极左与极右势力的夹击下，终究没有实现共和的理想。魏玛共和国成立十四年后，法西斯上台，残酷地将其扼杀。在纳粹主义的笼罩下，魏玛度过了一段暗无天日的时期。自由的空气消失了，代之的是纳粹主义。在魏玛古城西北八公里的布痕瓦尔德，至今还保留着那时留下的一座集中营，据记载，至少有五六万人丧生于此。

世界上影响力最大、生命力最长的是文化。无论多么伟大的人物，最终都会死亡，惟有文化能够永存。如今的魏玛，城市的上空依然飘满浓厚的文化气息，城市的每个角落都布满了歌德的印记。在魏玛的街头，最常见的是歌德塑像。魏玛市区还有两个很著名的歌德咖啡馆，总是顾客盈门，游人如织。魏玛的市树——银杏，被称作歌德树，甚至还有歌德花。那些歌德曾经生活、创作过的地方，已经被开辟为歌德档案馆、歌德之家……多少年来，魏玛的旧城区被保护得很好，依然保持着原有的的城市格局和文化生态，朴实典雅的古老建筑，曲折延伸的石板街道，连接成片的碧绿草坪，遮天蔽日的浓密林荫，处处让人为之心动。一处处古旧的大师们的故居，早已被修葺得焕然一新，内部陈设一如当年，精神焕发地迎接着来自世界各地的仰慕其盛名的游客。李斯特的故居就在魏玛东面伊尔姆河公园的旁边，是一座花园别墅。客厅与琴室合为一体，摆着他当年用过的钢琴。有很多街道是以名人命名，歌德大街和席勒大街自不用说，还有贝多芬街、舒伯特街、李斯特街、普希金街，等等。魏玛剧院轮番上演着席勒的一系列作品，和莎士比亚、卡尔德隆等大家的剧作，实践着歌德的古典艺术原则。在歌德故居不远处的街道边，几个年轻的艺术家正在高歌卖唱片，悠扬的歌声一直传到很远。街边也有满脸大胡子的俄罗斯人在拉琴卖艺，投入的神情似乎早已不在意面前盛钱的琴盒子。魏玛街上还有供游客乘坐的复古马车，高坐车头的马车手穿戴的也是古代服饰，让人一时间生出仿佛回到中世纪的恍惚感觉。还有那些风格独特的古迹，每一座都是一段历史，代表着一种文化。圣彼得和圣保尔教堂、雅科巴斯教堂、卡斯塔楼、盖莱茨酒店、魏玛新博物馆、市政厅、市府宫、城堡广场、民主广场等，都让人留连忘返。

站在剧院广场携手并肩而立的歌德与席勒的塑像前，我不禁思索，魏玛经历了上千年的辉煌、动荡与黯然，何以能够宠辱不惊地带着深厚的文化一路走过，何以能在时世风云的变化中引领着德国的文化穿越重重时空，从中世纪走过，从现代喧嚣中走过，把目光一直延伸向未来，成为德国的精神首都。在我看来，魏玛精神的特色，就是一种不懈的追求。一座城市之所以能够成就其独特的城市文化，正是因为它拥有强大的城市精神。精心的修缮也许可以让一个城市的建筑维持很久，但真正永恒不变的是一种精神，没有什么东西能够不朽，只有精神是例外。我认为魏玛精神的实质，就是人的自由全面发展。

由此而推及个人，能使一个人真正不朽的，也只有精神。就像魏玛的歌德。

魏玛小巷

　　来中国北京的外国人，不仅喜欢登长城，看故宫，还喜欢游览北京胡同。北京胡同仿佛一条具有极大魅力的画廊，让那些外国人着迷。有人说北京胡同里装满历史，也有人说北京胡同里遍布文化，毋庸置疑，这些说法都名副其实。当那些外国游人坐着人力三轮，或徒步走在北京胡同里，一扇扇厚实的大红门，门顶精刻细镂、风格各异的雕花，门旁或蹲或坐栩栩如生的各种动物雕像，门上油光闪闪的门环，院墙上探出头的电视天线，宽阔一点的地方停放着的小轿车，长长窄窄的胡同里来来往往、穿着现代的老人、孩子，耳边抑扬顿挫独具韵味的叫卖声……这一切既真实又神秘，既传统又现代，既保守又开放，他们无论怎样理解和看待，都一定会产生一些思考。

　　当我越过重洋来到德国古城魏玛，走在魏玛小巷光滑的石板路上时，尽管那一条条小巷里洋溢着的是异域风情，但一种似曾相识的感觉油然而生，不知不觉竟然产生了几分亲近和亲切。同具有厚重文化底蕴的北京胡同一样，魏玛的小巷在歌德、席勒的诗韵的感染下，在李斯特、格罗皮乌斯的琴声与画彩的渲染下，多年来已渐渐生出了一种能够感应小城悠久文化的灵性，让带有诗篇与音符的人文光辉在这个小城里处处闪耀、流动，令人感动陶醉。一路走来，这精灵般闪耀跳动的光辉随处可见。一下车，首先听到一阵女高音的歌声。寻声望去，在街头一片浓密的绿荫下，围观的人群中，一位漂亮的德国女青年正在高歌。陪同我们的翻译告诉我，这是当地的艺术家在推销自己新出版的唱片。再看四周，一些坐在街边的当地人，有的手捧飘着袅袅香气的咖啡杯，在静静聆听女艺术家歌唱；有的低着头，在全神贯注地看书；有的坐在银杏树荫里的木质长椅上，望着脚下飘落的树叶写生；还有几个老太太在抚摸着自己的牧羊犬……一切看上去十分和谐，让人为之感动。

魏玛古城是一座保存完好的城市。许多藤蔓缠绕、青苔铺阶的老房子都是中世纪的产物，雅致的山花、山墙都带有鲜明的中世纪特征。置身其中，让人感觉自己仿佛是在中世纪的封建城邦之中。那一个个花纹盘卷的铁栅栏，那一座座老房子的小尖顶，那一条条石板路缝隙里的青苔，还有那不经意摆上窗台的盆栽……都会给人带来一种思想，一种感受。小巷两侧的楼房大多为二三层高，它们现在仍旧有着和中世纪时一样的用途：一楼是店面，或是咖啡馆，或是杂货铺，无论什么买卖都显得那么悠然平静；店面的楼上用来住人，抬头望向窗口，里面挡着轻柔的窗帘，外面摆放着小巧的盆栽，使人看了不禁要去猜测，这样的窗口后面会住着什么样的主人。而那些隐藏在条条小巷中的一座座故居、博物馆，则是庭院深深花木掩映，在新城区现代文明的对比下，越发显得古香古色，散发出醉人的魅力。这不禁使我想起，丹麦童话作家安徒生曾说过，魏玛不是一座有公园的城市，而一座有城市的公园。由此可见，魏玛的小巷是何等的优雅，以至于让安徒生也会怀疑自己是身在公园，而非热闹的城市。

魏玛的小巷虽然小，但却是座大舞台，千百年来，不知有多少著名人物曾在这里轮番上演过一幕幕的鲜活史剧。魏玛政府重建部部长拉特瑙曾风度翩翩地散步于菩提树下大街，但最终遇刺身亡；七十八岁高龄的兴登堡元帅也曾在这里颤巍巍地登上总统的宝座，与纳粹势力做着最后的斗争；还有那家著名的大象旅店，曾有不少历史人物下榻其中，比如希特勒。当年，希特勒站在大象旅店二楼的阳台上，用充满激情的演说感染了许多德国人，当时的场面，应该是群情激昂。不仅仅是一座大象旅店，魏玛的小巷，仿佛一根根线，把整个城市连了起来，把这座小城的历史串成了一串珍珠。交错纵横的小巷深处，除了歌德国家纪念馆，还有席勒和李斯特纪念馆、尼采档案馆、歌德和席勒档案馆，以及公爵夫人安娜·阿利娅图书馆等众多珍贵的纪念性建筑，它们中的每一座都是保存着巨大精神财富的宝库，都承载着厚重的德国乃至世界的历史。正因为其深厚的文化底蕴，1998年，魏玛城被列入了世界文化遗产名录。1999年，又继雅典、巴黎之后，成为"欧洲文化之都"。1999年对于魏玛来说是个非常特别的年份，这一年是歌德诞辰二百五十周年，是魏玛公国建国八百周年，是包豪斯学院成立八十周年，也是魏玛城建立一千一百周年，这么多具有纪念意义的事情凑在了一起，实在是很难得。

尽管魏玛的历史是如此的多姿多彩，然而魏玛的灵魂仍然是歌德。歌德——这是一个已经与魏玛融为一体的名字，也正是因为这个名字，魏玛才成为今天的魏玛，今天的魏玛处处是歌德的影子。歌德的思想主张一直影响着魏玛，直到今天仍然是这样。例如歌德一直提倡人与人之间和谐相处，反对专制，主张自由，所以，在魏玛至今仍弥漫着浓郁的家庭气氛，整个城市祥和而温馨，即使来这里的四方游客络绎不绝，咖啡店里挤满了探幽访古的来访者，也破坏不了这种独特的气氛。本地人照旧悠然地生活：静静的伊尔姆河畔大片的绿色草地上，夫妇二人推着婴儿车，老人牵着温顺的大狗，年轻人则嬉笑坐卧……

在魏玛居然还有中国风格的建筑，这是我始料不及的，更让人意外的是，它仍然与歌德有关。在王宫广场附近，有一个中国式的茶馆，现在还保存得很好，当地政府不时对其进行修复和养护，因为那是歌德留下的，同样被当作了魏玛的象征和遗产。

独自漫步在魏玛的小巷中，感受着它与众不同的城市气息。不知不觉间，我随着一个外国参观团走到了一条不知名的小巷里。这条小巷同魏玛其他众多的小巷相比，并没有什么突出的特征。我正要穿行而过，却偶然发现，那个参观团的导游几乎每到一处房子前，都要停下来讲几句，手里还连比带划，虽然我听不懂那外国导游在讲什么，但似乎内容十分精彩，而游客们听完讲解也都忙着在门前合影，不愿错过任何一栋建筑。我明白，那些房子要么是有一段历史传说，要么是曾有什么著名的人物住过。我再一次深深地感觉到，从维兰德、赫尔德，到歌德、席勒……魏玛这座古城的小巷里有一种思想在流淌，它深深植根于德国的古典文化，又充满活力地涌动在今天的魏玛。

感受魏玛、评价魏玛，不能把历史与现实割裂开来，历史是曾经的现实，现实也正在成为历史。历史不应该仅仅留存于博物馆和历史书中，不应该只存在于人们的记忆里。事实上，魏玛几乎所有的历史仍旧存在于今天的现实中，魏玛的今天仍旧处处带着历史的印记，包括许多歌德时代的生活方式。而对那些历史的遗迹、不朽的思想，魏玛还在继续为它们注入着新的活力。比如魏玛的市政厅，事实上是个非常古老的建筑，在属于它的时代结束后，它并没有变得无声无息，而是被现代人用来办公，还引入了一些现代化的设施；还有魏玛的邮局，也是在古建筑的基础上改造而来的。至于曾在魏玛留下闪光思想的歌德、席勒等人，几乎每一个纪念馆、档案馆都在对他们进行着相关的研究，并常有新的研究成果问世。事实证明，对于魏玛，古老的历史和崭新的现实可以很和谐地相融在一起，不断给予这个城市更富活力的生命。

由此看来，城市并不是众多建筑物的堆积，不是有了高楼广厦就可以称之为城市。城市应该有自己的肌理和器官，应该有自己的文化。只有有了人们的聚居和精神的凝聚，才能够成为城市。魏玛的小巷虽小，却将如此深远厚实的人文气息凝聚成了魏玛的城市文化，如果没有歌德，没有席勒，魏玛也不会是现在的魏玛。

在魏玛小巷里，人们不仅可以感受到古老德国城市的生活气息，更能感受到浸润在这生活气息中的历史。

日落易北河

在德累斯顿的那天傍晚，我们来到位于易北河南岸的一家餐馆用餐。这家餐馆是当地一家老字号餐馆，也是德累斯顿的一个旅游窗口，尽管门面不是很大，装修也不豪华，但紧临易北河，地理位置十分优越。所以，每天到这儿来的客人络绎不绝，而且大多是外国人。可以毫不夸张地说，在这家餐馆，能见到来自十几个国家的游人，能听到十几个国家的语言，简直就像一个小"联合国"。

我坐在靠窗口的一张桌子上，抬头就可以看见窗外那条古老的易北河。

我同很多人一样，是从历史书上知道易北河的。历史往往会给一个地方机遇。二战时期的1945年4月，苏联红军和英美等国组成的盟军，在易北河会师，这次史称"易北河会师"的行动揭开了二战胜利的序幕，成为世界反法西斯战争胜利的标志之一。所以，易北河从此名扬四海。据陪同我们的翻译介绍，易北河的历史其实很古老，在德国以及欧洲的地位也很重要。易北河在捷克语和波兰语中都被称为"拉贝河"，是由古斯堪的纳维亚语的"河流"一词演变来的。它发源于捷克境内，横贯捷克西北部，与伊泽拉河、伏尔塔瓦河、奥赫热河等支流汇聚后，形成一个长长的、带有传奇色彩的弧形，然后转向西北，在迪钦附近流入德国。它在德国的流域面积为十四点八万平方公里，是德国一条具有交通要道地位的河流，对德国经济社会发展有着极大的影响，也可以说是德国水上运输的大动脉。多年来，这条河流同莱茵河一样，为德国文明贡献了青春。看上去，落日映照下的易北河显得非常苍老，一圈圈波浪仿佛它的一层层皱纹，身体也显得臃肿，就像一个历经沧桑的老人。事实上，河流也同人一样，如若劳累过度，也会苍老得快。它也需要休养生息，也需要补充养分。

同莱茵河一样，易北河两岸是德国古文明的发源地。隔河北望，太阳余辉映着一座座古老建筑的顶尖，金碧辉煌；那些顶尖形形色色，让人浮想联翩。尤其是顶尖上各式各样的雕塑，表现着不同时代、不同人物的不同个性，同时也反映出各个历史时期的文化，比如教堂顶尖的雕塑，就代表着当时宗教的地位、权力和影响。如果你对德国的历史加以研究，就会发现，宗教对德国文明曾起到十分重要的作用。人是不能没有信仰的。信仰是人的精神支柱，甚至可以说是人生命的动力。新中国成立后，一直倡导宗教信仰自由，说到底是对人的尊重。也许正因为易北河对德国文明的贡献，因此，联合国把易北河列入世界文化遗产保护行列。

当我的目光移到易北河岸上的时候，不由一阵惊喜。连绵起伏的河岸上，绿树成行，绿草如茵，给易北河增添了几分青春色彩。成群结队的人们在绿茵上散步，很多是一个个家庭。年轻人更是浪漫，他们有的在绿茵上铺上什么东西，举行露天晚餐；有的情侣躺在绿茵上接吻，还热情地向从他们身边走过的人们招手致意。有一群孩子骑着自行车，在河边的路上追逐打闹，欢声笑语洒落在易北河上，让苍老的易北河绽放出欣慰的笑容。在一片广场上的露天剧场里，人山人海，穿着五颜六色服装的人们，又让易北河多了几分容光。据陪同我们的翻译介绍，易北河畔的夏日文化之夜，每天晚上都有文化演出活动，五彩纷呈的灯火，欢天喜地的人们，充满生气的歌声……这个时候，我想起了"青春焕发"这个词，而且更加深了对它的理解。

我的目光重又回到易北河上时，河两岸的灯光已经亮了。这时，我发现易北河突然年轻了。它的脸红润了，色彩鲜艳了，身体也强壮了……几艘载满游客的游船，正从码头启航，载着来自世界各地的游人去体验易北河上的清风、清爽，观赏易北河的夜色、风光，感受易北河古老而现代的文明。正在此时，一只大红汽球升了起来，仿佛一轮冉冉升起的红日……

离开易北河时，我想，各个国家的人们之所以对那些有影响的河流充满了感恩之情，将它们称为"父亲河""母亲河"，是因为河流不仅承载着货物，也承载着文明，承载着思想……

小镇人家

　　小红帽发泡葡萄酒有限公司坐落在距莱比锡不远的乌恩锁特鲁特镇，是一家历史悠久的酿酒企业。我们在小红帽发泡葡萄酒有限公司参观结束后，去小镇上的一家餐馆用午餐。

　　这是一个很古老的小镇。因为坐落在半山坡上，居民的房子大多顺着坡势而建，显得错落有致。几乎所有的人家门前屋后都栽花种树，有的树高大粗壮、枝繁叶茂，一看便知上了年岁。许多棵这样的大树，枝叶相连，形成了一片浓厚的绿荫，让整个小镇仿佛罩在一把撑开的绿伞下。镇子上的街道并不宽敞，车辆来往都绕道镇外。镇子里居民自家的车辆有专用的停车场。这样，就不至于尘土飞扬，声音嘈杂，整个小镇因而显得安详宁静。大概是吃午饭的原因，镇子里看不见来来往往的人们，只有超市里可以看见三两个出出进进的人。

　　我们用餐的餐馆，是一个家庭餐馆，颇像我国国内一些城郊近几年兴起的"农家乐"，只是没有我们的一些"农家乐"那样占地面积大，人造景观多，装饰过于豪华，娱乐项目丰富。这家餐馆的特点是身处乡村田园之中，与自然环境保持统一。它的门面与附近民宅的门面没有太大的区别，惟一的区别是它的门前挂着一块类似广告牌的牌子，牌子上边有一幅啤酒瓶的漫画。如果不熟悉、不留意，从它旁边走过，也难以发现它是一家对外营业而且生意兴隆的餐馆。

　　穿过大约二十几平方米的大厅，就是餐馆的后院。一条欢腾的小河奔流而过。河的对面是大片大片的田园，绿油油的葡萄架，红彤彤的果实，金黄色的小路，骑着自行车的人们，以及与此相连的连绵起伏的森林，构成一幅自然、宁静、和谐的美丽画面。这家餐馆的主人在小河上边搭了一座小桥，作为露天餐厅。从桥上看去，河水流淌缓和，清澈明亮，连河里游动的鱼儿的鳞片都看得清清楚楚。人的脸孔倒映在水面上，眉毛、胡须也十分清晰。在这样的场景里用餐，就像置身在画中，无疑增加了几分舒适，几分休闲，几分宁静。这种场景，不是人为地、刻意地布置而成，也没加多少装饰，所以更显得朴素、自然、亲切，让人有一种回归大自然之感。还没落座，同行的朋友就纷纷拿出相机拍照、留影。

"小桥、流水、人家。这种场面很难见到了。"一位同行者一边欣赏着留在相机里的画面，一边感叹地说。

另一位同行者接上话头说："不是很难看到，而是很难看到这样自然、朴素而又干净的画面。你把这个画面带回去给朋友看看，也许有人会认为这是上个世纪五十年代的某个地方。"

他们的感叹引起了我的思考。事实上，在我们国内可以找到很多类似的地方。然而，这种类似的地方，又有多少没有被污染呢？尤其是很多小镇，近年来经济增长很快，但是市政基本建设尤其是环境保护没能跟上，造成严重的环境污染。我曾在国内的一些小镇用餐，看到有的餐馆垃圾随地扔，污水到处泼，餐馆附近的河流成了污水沟。这种状况确实到了非改变不可的地步。否则，长此下去，即使经济发展了，但环境破坏了，用于环境治理的代价更昂贵，那将是得不偿失。

同德国许多餐馆一样，我们用餐的这家餐馆给人的第一享受也是视觉上的。每张餐桌上都摆放着花瓶，斜插着几枝鲜花；白色桌布上边的餐具做工精细，银光闪亮，给人一种视觉上的美感。午餐供应的品种也同德国城市中的餐馆一样：猪排、牛排、肉肠、蔬菜、面包，酒水有葡萄酒、啤酒。由此可以看出，德国城乡的生活方式、生活水平、生活质量基本相同。他们的饮食既讲究营养，又讲究节约，同时也讲究效率。事实上，饮食也应当讲究效率。人的生命是有限的，而要让有限的生命创造出最大的效率，必须在注重饮食质量的同时，还注重饮食的效率。往往，我们准备一顿饭要花费几个小时，还抱怨时间不够用。其实，时间是我们自己不经意间放过的。

科隆瞬间

因为是路过，所以我们在科隆仅仅做了一次短暂停留。然而，科隆给我留下的印象却十分深刻。

科隆也是莱茵河畔的一座名城，位于德国面积最大、人口最为稠密的联邦州——北威州，是继柏林、汉堡与慕尼黑之后的德国第四大城市，现有人口约一百万。

同德国很多城市一样，科隆也拥有悠久的历史。据史料记载，科隆最早的历史可以追溯到公元前 1 世纪。那时正是罗马帝国在欧亚大陆叱咤风云、称雄称霸的时代。野心勃勃的古罗马皇帝奥古斯都为扩大疆域，于公元前 38 年，下令由驸马阿格里帕率领的一支劲旅挥师北进，直抵莱茵河边，与对岸的日耳曼人隔河对峙。阿格里帕工于心计，长于谋略，邀盟友乌比尔冲部落一起防守新开拓的疆域。于是，莱茵河畔又多了一片营寨，多了一拨人群，多了一簇烟火。星移斗转，岁月穿梭，几十年过去后，营寨四周渐成街市。阿格里帕的女儿阿格里皮娜，就诞生在这块土地上。因为她对这片土地有很深的感情，所以，她在登上皇后的宝座后，就恳请皇帝克劳狄一世在这个地方设市。公元 50 年，克劳狄一世下诏，授予此地罗马城市的权利，并定名为科隆尼亚·克劳狄·阿拉·阿格里皮内西姆。科隆尼亚意为罗马人的拓居地，克劳狄是皇帝名，阿拉是乌比尔冲部落的祭坛，阿格里皮娜西姆则是皇后名加词尾变化而来。这也是欧洲很多城市的又一特色，城市的名字就是一段历史，就是一种赏赐或者说战果。其实，中国有一些城市也是因此而得名的。随着时间的推移，这个冗长的市名渐渐地被人们简化为科隆。

据史料记载，古罗马时代的科隆是莱茵河畔一颗耀眼的明珠。今天走在科隆的大街上，还能够感受到那个时期的繁荣兴盛。那一条条古老的街道，一处处古朴的铺面，都会告诉你这里曾经商贾云集。

一个城市的发展，与其所在的地理位置总是息息相关。科隆之所以能够从营寨发展成为一个都市，得益于其地处南北水路和东西大道交会的特殊地理位置。南来北往的行人、货物都要经过科隆。人，有的留下了，而且越聚越多；货，有的展销了，而且越来越丰富。科隆慢慢地形成了自己的凝聚力、吸引力。到了中世纪，科隆已成为德国也可以说是欧洲的一个重要的城市。当时，科隆的统治者也极具魄力，几度扩建城池，到12世纪时，整个科隆内城半圆形的城垣总长六公里，开有十二座城门，城中居民已达四万之众，是德国首屈一指的大城，人口甚至超过当时的巴黎和伦敦。我们的车子经过科隆的一处城门，这是科隆当年十二座城门中现存的三座之一，城门如同欧洲随处可见的一些古代城门一样，高大、宽敞、气势雄伟，在向人们展示着当年科隆城的威严。

世界上任何一个著名的城市，都有其独具一格的特色。科隆是以大教堂闻名于世的。只要说起科隆，人们必然提到科隆大教堂。我们经过科隆时，车子就停在大教堂的旁边。一下车，那幢令许多人向往的大教堂就矗立在眼前。这幢大教堂高一百五十七米，有两座哥特式尖顶，站在那里你必须仰望，才能看到它直指云端的身影。乍一看，仿佛在哪里见过，略一思忖，原来是在一些史书和介绍德国城市的宣传品上看到过，只要出现科隆这个名字，同时出现的就有这座宏伟的大教堂。因此，说它是科隆的象征一点儿也不夸张。

大教堂的四周停满了车。虽然正值午后，光照十分强烈，但游客人潮涌动。我们也随着参观的人流，走进了大教堂。这座大教堂的正式名字叫圣彼得大教堂，它于1248年就开始动工建造，直到1880年才全部竣工，用了整整六百三十二年的时间。六百三十二年，是一段多么漫长的岁月啊！其间，要经过许多代人的不懈努力。从这一点就可以看出这座建筑的历史价值。

科隆大教堂共有五个殿堂、一个绕圣坛而建的带有三个偏堂的回廊。圣坛保持着初建时的模样，两侧排列着有一百零四个席位的坐椅。据说，这个圣坛是中世纪德国教堂中最大的圣坛。圣坛上的十字架也是欧洲大型雕塑中最古老、最著名的珍品。教堂的珍宝陈列室中陈列着各个世纪留下来的法衣以及用具，属欧洲收藏甚富的教堂陈列室之一，其中有三王圣物匣。这些古老的珍宝，至今仍然散发着浓厚的宗教韵味。大教堂是用一块块巨石建筑而成，我无从查到从基石到尖顶用了多少块巨石，也无法了解那个时代的人们是用什么方法把一块块巨石送上了云端，但我能想象到，每一块巨石都沾染着劳动者的血汗。大教堂既可以说是世界建筑史上的一座里程碑，也可以说是人类创造的最具价值的艺术品。

　　当年到大教堂来的是一些朝圣者，如今更多的是慕名而来的游客们。不同国度、不同肤色、不同语言的人们，把教堂内外点染得五彩缤纷，人声鼎沸，使教堂每天都像在召开国际盛会。有的人沿着教堂四周漫步，引颈仰望教堂高高的尖顶；有的人神情专注，在教堂里凝视着一座座墓碑和雕像；更多的人则是在忙着与高大雄伟的教堂合影留念，偶尔也能看到几个修女……在教堂门外的街头，如同在德国其他一些城市可以看到的景观一样，有几个画师在地上挥毫泼墨作画，还有几个马路乐师在如痴如醉地演奏……置身于这种环境之中，你自然而然就会感到，能够把世界上的人们凝聚在一起的，既不是宗教的神奇力量，也不是名胜古迹的吸引力，而是人们对美好生活、对世界和平的向往。据说，科隆每年都举办狂欢节，来自世界众多国家的人们在这个盛大的节日里，欢聚一堂，憧憬着人类更加美好的明天。

　　让我感慨的还有一点，就是在大教堂附近有一条商业街。街道不长，但很繁华，店铺的门前一个个中文招牌尤其让人眼前一亮，备感亲切。那些店铺的老板和服务员来自中国不同地方。陪同人员告诉我们，今日的科隆越来越引起世界瞩目，每年在科隆举办的各类博览会、展览会达四十多个，如世界食品博览会、世界摄影技术博览会、世界实用五金制品博览会等。科隆还是德国的经济强市之一，汽车制造、机械制造、食品加工、五金加工、电气技术、传媒、软件、电讯及商贸等兴旺发达，著名的跨国集团如拜耳、欧倍德、丰田、索尼以及雪铁龙等都将总部设在这里。科隆香水也驰名天下。听了他的介绍，我不禁对没能在科隆多停留一段时间、购买几瓶科隆香水生出几分遗憾。然而，我仿佛嗅到了科隆香水那醉人的香气……

离开科隆，我一路上在想，每天成千上万从世界各地来的游客，难道仅仅为了瞻仰一下高大雄伟的大教堂吗？我觉得答案应当是否定的。因为，科隆大教堂已经不仅仅是一座建筑，一个宗教圣地，它具有一种超越历史时空、超越宗教本身的文化力量和意义。

草地上的家庭

　　有人说德国是一个童话般美丽的国家。事实的确如此。行走在德国土地上，你会发现一处处童话般美丽的场景和一幅幅童话般美丽的画面。

　　童话给人的是奇妙，是欢愉，是感动和温馨。童话般的德国，会让你情不自禁地感叹生活的美好，同时，也能让你感受到德国人对生活的热爱、对和平的珍惜，以及社会和谐的温暖。在德国十几天的时间里，有一幅画面特别让我感动，甚至有些着迷，那就是在清晨或傍晚的公园里，常常可以看到一些在草地上休闲的德国家庭。

　　在德国的每一座城市里，都布满了公园、花园、街心小公园、市中心草坪……白天，这些地方游客如织，非常热闹。清晨和傍晚，这些地方大多成了家庭休闲之地，十分温馨。我第一次看到这种场景是在法兰克福。清晨，我外出散步，看到离宾馆不远的地方有一片池塘，池塘四周都是绿地，绿地上大概有五六个家庭，其中有老两口，有夫妻带着孩子，也有爷爷奶奶带着小孙女的。德国人的家庭是小家庭，一般只有三四个人，因为德国本身就不是那种喜欢大家庭多人口的社会，不像我们中国人那样崇尚"多子多福"。他们在草地上休憩，无论大人还是孩子，都是神色自若，神采飞扬，笑意写在脸上。

　　第二次引起我注意是在易北河畔。那是一天的黄昏，夕阳的余晖给河畔的草地铺上厚重的一层金黄。我发现草地上陆续到了很多个家庭。他们有的是夫妻两个并肩依偎，说着悄悄话或者同看一本书；有的是夫妇二人带着孩子，父子二人追逐嬉闹，妈妈则在一旁微笑地看着；有的是老人慈祥地逗弄着牙牙学语的孙儿，看起来无论中外都是隔辈亲；还有那些尖叫着跑来跑去的小朋友，为这里安详宁静的气氛涂上了一抹欢快的色彩；也可以看到一些老人带着宠物狗出来散步，他们对宠物的喜爱程度丝毫不亚于对自己的孩子，人与动物之间是那么亲密无间。虽然这里仅仅是一片城市中的绿地，却让每个人、每个生命都享受到了舒适，享受到了亲密关系所带来的快乐，这是多么神奇的事啊，可能这就是绿色的力量吧。

绿色不仅仅是生命的象征，也是一种活力的象征，一种温馨情感的象征。一片瓦砾堆中长出的柔弱小草，总是让人备感珍惜；沙漠中迎着狂风砂石深深扎根生长的胡杨，总是被诗人所赞叹；雪山顶终年积雪的岩石上那薄薄的地衣，总是在顽强地提醒着人们这里不是生命的禁区。如果有人问：世界上什么力量最强大，那么我会毫不犹豫地告诉他：生命的力量最强大！有生命，就会有生命的力量，就会有活力。即使是最阴暗、最死气沉沉的地方，只要有了绿色，就有了生命的标记，也就有了源源不断的活力。为什么探望病人要带上鲜花、带上盆栽？那是希望这绿色的生命能够为病人带来活力，让被病魔吞噬求生意志的人能够得到生命的力量；为什么烈士的身旁要栽满松柏？那是希望烈士的英灵能够像松柏般万年长青；为什么校园里要绿树繁花林木密布？那是希望我们的孩子能够像小树一般苗壮成长，像鲜花一般笑脸绽放……而在矗立着火柴盒般的座座高楼的城市里，在钢筋水泥无穷无尽的灰色中，我们更应该添上一些绿色，一些为死气沉沉的水泥建筑带来生命的绿色，一些为人们每天朝九晚五的机械生活带来活力的绿色，一些我们生命中不可或缺的绿色。

而这些城市中心的草坪，正是扮演了这样一种重要的角色。它可以为针锋相对、怒目相向的人们带来亲和：相信坐在草坪上谈话的人绝不会吵起架来；它也可以为焦躁不安、心绪不宁的人们带来内心的平静：如果生活中有什么难以解决的问题，何不坐在草坪上好好想想呢？它更可以为心灵麻木、了无生趣的人们带来生活的美好：如果你觉得生命已经乏味，何不来草地上，看看露珠如何消失、看看新芽如何生长、看看蚂蚱怎样跳跃呢？常常来草地上坐一坐，更可以陶冶情操，升华对美的认识与感受。我想，热爱草地的人，一定是热爱绿色的人，而热爱绿色的人，也一定是热爱生命的人，热爱生命的人就会珍惜生命、好好利用自己的生命，让自己的生命更加丰富多彩一些，也让别人的生命变得更加丰富多彩一些。

从我们在德国的所见所闻可以看出，德意志民族是一个热爱绿色、热爱生命的民族，他们的城市遍布着大大小小的绿地、郁郁葱葱的树木、争奇斗艳的鲜花、错落有致的公园，还有家家户户都会精心布置的庭院花园……即使是在首都柏林，也会让人感觉自己置身于一座巨大的公园之中。柏林除了在市中心有一座纵横延伸、硕大无比的提尔公园外，它的四周也布满了林木森森的自然公园，差不多把市区团团围了起来，整个城市就像一座镶嵌在黑森林中的小木屋一般。而在这些城市边缘的森林里，更是面积巨大的土地上只有稀疏的几条公路和不多的房子。你真的很难期望在北京的周边能有这样的景象：刚才还是热热闹闹的市区，拐个弯就进入了森林，路上几乎没有汽车驶过，也没有交通灯，平整的路面可以让你尽情行驶、奔跑。这里的环境跟仅仅几分钟前的环境简直是天壤之别。拥挤在街边的房子、店铺、路灯、招牌，统统换成了高大挺拔的树木，杂草铺满了路两旁起伏不平的泥土地面。林子中稍深一点的树木间依然晨雾弥漫，远离了城市的喧嚣，安静得如同已经与世隔绝一般，但仔细一听，你会听到车轮碾过地面的轧轧声，大嗓门的乌鸦在远处大喊大叫，小松鼠一蹦一跳在林子里觅食，踩在枯枝上发出咔嚓咔嚓的声音……偶尔还会路过一个小池塘，在青草地和水面间隔着宽宽的沙子地，池塘里还有一些枯黄的水草和芦苇，一丛一丛地聚拢在一起，风起时也一起摇摆，还带着清风吹来的节奏。你也很难想象在我们的城市里能有这样的生活：每天早晨穿过森林去上班，看晨光透过树木的间隙洒在草地上，看林间的晨雾慢慢散去，看草地上闪烁着金光的露水渐渐消失，听那早起的鸟儿一路喳喳鸣叫，还有那风吹入森林带来的沙沙声。

我不相信，每天过着这样的生活的人，还会怀着仇恨、热衷杀戮；我不相信，这样一个热爱绿色、热爱生命的民族，还会等待时机重新称霸世界。我只能相信，这样一个把绿色洒满每个角落、喜欢全家人坐在草地上休闲的民族，是一个勇于承担责任的民族，是一个厌恶战争、崇尚和平的民族。

第三辑

会唱歌的沙漠

银川的胸怀

我与银川初识在一个春末夏初的夜晚。

当乘务员用清亮的声音报出飞机已抵银川上空时，我隔着舷窗向地面望去，一幅从未见过的沧桑但又浪漫的夜景深深地吸引了我。一条条灯火通明的大道呈不同形状交汇成流光溢彩的河流，波澜壮阔；曲曲折折的黄河，在淡白色的月光和星光的辉映下，犹如一条腾空而起的巨龙，雄姿勃勃；绵延起伏的贺兰山仿佛在夜色中奔驰的骏马，大气磅礴；宽阔的银川平原，经千万年风沙雨雪和刀耕火种的雕刻，像一尊鬼斧神工般的塑像，线条分明，棱角清晰，一派粗犷、豪放的景象，极具艺术感染力……

我们在宾馆安顿好之后，相约来到大街上。街边的商店大多数还在营业，从玻璃窗望去，各种各样的商品琳琅满目，五彩纷呈。服装店橱窗里衣着鲜艳、活灵活现的时装模特，更显得亮丽而又时尚。当我看到街头一座座电话亭前，不同年龄的人打着电话时的各式各样的表情时；当我看到一个个骑着摩托车的男孩载着女孩从大街上飞驰而过，女孩飘扬的长发上流着灯光的斑斓色彩时；当我看到一对对银发的老伴悠闲自在地散步，不时在商店的橱窗前驻足观看，脸上露出些许笑容时；当我看到一只只雪白的帽子在人流中，如同流动的白云，给城市的夜色增添了几分景观时……这座城市昔日给我的人烟稀少、贫穷落后的印象，顿时像一阵风一样消散了。

一个城市的小吃，从某种程度上说，能够体现这个城市市民的生存状态和生活态度。夜晚的银川最热闹的是各种地方风味的餐馆，每一处都是人声鼎沸。在一个十字路口，我看到几个一个手推车就是一家风味店的小摊贩们，正在起劲儿地用浓重的西北腔叫卖着，有的是卖羊杂汤的，有的是卖凉皮的，还有的在卖一些我们听不懂的什么东西，大概是这里的特色食品吧。几个刚放晚学、中学生模样的女孩，在一个小车摊前一边吃着，一边谈论着，兴致勃勃，脸上漾着轻松、活泼的笑意，仿佛那些富有特色的民间小吃具有一种魔力，让她们忘记了学习的沉重压力。这一切都让置身其中的人感到它的热情和激情。

不知不觉间，我们已走到了银川有名的"小天安门"前。"小天安门"前的广场上有许多纳凉休闲的人们，他们中间既有闲坐弄孙的老人，也有踢毽子、玩皮球的年轻人，还有互相追逐嬉戏的小孩子、一对对亲密相依的情侣。广场边上的小贩们热火朝天地吆喝着生意。一辆辆汽车从广场两边的马路上飞驰而过，红红黄黄的车灯闪烁不停，为热闹的广场装点上了一圈亮晶晶的美丽花边。这座塞上城市，在这样一个普通的夜晚里，车灯、街灯、霓虹灯，笛声、笑声、叫卖声，构成一幅活力四射的景象。

忽然，我看见一个特殊的景观：在广场一角的路灯下，围着大约一二十个农民工模样的人。原来，有两个人在下象棋，其他都是围观者。

观棋的人们不时发出争执的声音。旁边，一个青年席地而坐，旁若无人地吹着笛子。他也许是个初学者，吹的调子、韵律都不太好。但他的那份执着、那份平静、那份淡然却让人感动。我从他的笛声里听到了对故乡的思念，对亲人的祝福，对童年的回忆，对爱情以及未来的向往……这种景象我好像在都市第一次看到。因为，在很多城市里它被视为有碍观瞻而禁止。由此可见银川宽广的胸怀和包容的美德。外来务工者们劳累了一天，在城市的一隅给他们一点娱乐的空间、想象的空间、思乡的空间，对一个城市的和谐有利而无害。我认为，包容是一个现代大都市、一个和谐的城市的标志之一，同时也是城市的美德。

一个城市的夜晚，往往能够展示出它的内涵和本质。银川的明天必将更美好！这，就是我对银川的第一印象。

塞上的黎明

在银川的第一个早晨，我是被鸟儿的歌声唤醒的。

"在清晨的鸟鸣声中醒来"，是这些年只有在诗歌中，或者说只有在梦中出现的情景……对于在大都市生活的人们来说，的的确确多年未曾遇见过。

这些年，很多城市像热火朝天的大工地：汽车嘈杂、人声沸腾。通常，天一蒙蒙亮，耳边就会传来混凝土搅拌机的轰鸣，或者是飞驰而过的汽车震得窗棂子嗡嗡直响的声音……没有了"清晨"应有的清静。我的一位好友曾感叹说，长此以往，真会忘记了清晨是什么样子。在有的城市，就连最能够表现清晨特点的太阳初升霞光万道，都被灰蒙蒙替代了。在塞外的银川，在这个初夏的黎明时分，一碧如洗的天空，鸟儿欢愉的歌声、清新柔和的晨风，仿佛是这座城市早已准备好了的一份富有生气的礼物，送到我的面前，让我与这座城市的感情一下子贴近了。人与城市的感情，在某种意义上说同人与人的感情相似。也许你在一个城市工作、生活多年，也没有对它产生深厚感情，而在另一个城市偶尔一过就留下浓浓的、挥之不去的情感。

拉开窗帘，豁然映入眼帘的是一片晴朗的天空。干干净净的淡蓝色中，还带着些许薄薄的奶色晨雾，仿佛一片辽阔而又深邃的海洋。这时，我的耳边鸟叫的声音也更加清脆，更加热闹。这些叫声有些尖而短促，有些长而婉转，有些低沉而缓慢，有些简单而韵律规则……它们把银川的清晨变得越发地生机勃勃，充满活力。

我情不自禁地走出宾馆。来到大街上，视野一下子开阔了，仿佛眼睛被什么东西擦洗过了一样，看得更远、更清晰。远处青翠的贺兰山，犹如在画中屹立。深深地吸一口略带凉意的银川清晨的空气，一开始感到有点凉，好像是从大地深处散发出来后，又被阳光加温或者是热过的凉意，又像贺兰山外大漠戈壁飘来的苍凉；接着感觉到有丝丝的甜，那是因为这里没有污染，土地、空气、阳光、天空……都是纯粹的、原生态的，如同经过了过滤或清洗。

俗话说"一日之计在于晨"。看一座城市有没有发展前途，也可以从它的早晨找到答案。我转了几条街道，发现整个银川很成熟，其表现是在活力中透着从容、在进取中带着安详，既不像有的城市那样浮躁甚至急躁，也不像有些城市那样盲目追求或随波逐流。那些上早学的孩子们精神抖擞，脚步轻快，身上背着的压力仿佛没有其他城市孩子背的那样沉重；那些上班去的人们衣着齐整，步伐稳健，好像胸有成竹，不像一些都市里的上班族那样一脸焦急不安；大街上来往的车辆，秩序井然，不像有的城市街上那样十分拥挤，满街流动着急躁；还有那些早起遛弯的老年人，神态安详地看着街边的风景。在一片小广场上，一群老人正在扭秧歌、跳扇子舞。仔细观察你会发现，他们的舞步竟然也带着黄土高原人特有的强健劲头。不知是哪几位老人带来的几个小男孩和小女孩，一边嬉笑，一边跟着大人们的舞步迈着双脚。只有一个小女孩旁若无人地在一旁玩着手中的红绸扇子。她可能发现我在观察她，冲我甜滋滋地笑了一笑。一缕新鲜的阳光，给她的笑容染上了绚丽的色彩，让她的笑容更加生动、可爱。她那一笑，让我感到整个银川又亮了许多。

其实，一个城市早晨的表情，在某种程度上可以说是这座城市精神的体现。

此后，在宁夏的一段日子里，我每天黎明即起，在街上走一走，总会收获一点感想……

走进西夏王陵

　　走进西夏王陵，仿佛走进一段苍凉而厚重的历史之中，即使对那一段历史不是十分熟悉的人，心灵也会受到一次洗礼。

　　西夏王陵又称西夏陵、西夏帝陵，是西夏王朝的皇家陵园，西夏历代帝王陵墓所在地。它坐落于银川市西郊三十五公里处。一进入陵区，就会产生一种天高地阔感。这座陵区背依挺立亿万年之久、刚健、雄伟的贺兰山，脚下是一马平川、空旷而开阔的银川大平原，南北长 10 公里，东西宽 4 公里，方圆 50 平方公里。陵区内有九座帝王陵。同位于河北的清东陵一样，布局考究，排列有序。据说，它是中国现存规模最大、地面遗迹保存最为完整的帝王陵园之一。因而，它也理所当然地跻身于国家重点文物保护单位、国家级风景名胜区的行列之中。

　　多年来，我一直坚定不移地相信，人们在读史时，由于思想观点不同，或者说投入的感情各异，往往从史中汲取各自所需。而人们在参观一个历史景点时，由于观察的视角、理解的角度不同，得到的结论也自然不同。但是，在参观西夏王陵时，我们一行人对它的建筑风格、建筑艺术却有着一致的看法。它的建筑不仅吸收了秦汉以来，特别是唐宋王陵之所长，还受到佛教建筑的影响，把汉族文化、佛教文化与党项民族文化兼容并包，构成了我国陵园建筑中别具一格的形式。它的每座帝陵占地都超过十万平方米，是一个完整的建筑群体，陵园四角筑有角台，高大的阙台雄踞神道两侧。园内有鹊台、碑亭、神墙、角楼、月城、内城、陵台石像等，四周筑有夯土城墙。城内分前、中、后三个部分，中部和后部的正中，各有一座规模宏大的殿堂，其他建筑多集中在城的前部和中部。漫步城中，广场、道路、院落、水井和房屋等遗迹清晰可见。尤其是中原地区来的参观者，对西夏王陵的确有一种似曾相识的亲切感，同时也感到整个陵园的"大气"。"大"，即广大、宽大、宏大、浩大，"气"，即霸气、傲气、意气、生气。由此可见，没有兼容并包，就不可能产生"大气"。几百年过去了，还能给人留下如此的感受和印象，原因正是如此。

从西夏王陵的选址，即其所在的位置，明显可以看出那个年代西夏王国对外开放的姿态。据说，它的设计借鉴了坐落于河南的宋代陵园，力主多元文化兼容又突出自己的风格，因而更能显示塞上皇家陵园的气派、气势和气魄。同时，它注重天时地利。它背依的贺兰山依天而矗，绝壁千仞，百谷竞秀，松林如海。它坦然地面向银川平原，黄河奔腾，阡陌纵横，沟渠如网，稻谷飘香……这些，如果参观过坐落在陵区东侧的西夏博物馆，可能会更易理解。这个现代建筑占地面积五千三百平方米，选用了西夏佛塔密檐式建筑造型，风格别致，既有现代建筑之气势，又与陵区遗址相呼应，形成了浓郁的民族建筑风格。我和很多朋友对复制的古代建筑，或者说建在古迹之上的现代建筑并不感兴趣，但是为了增进对西夏王陵的认识，我还是十分认真地看了一遍馆内具有代表性的西夏文物，如雕龙石柱、石马、琉璃鸱吻、西夏碑文、石雕人像座、佛经、佛画、铁甲衣、西夏瓷器、官印，以及临摹的八幅西夏壁画。在感叹西夏石窟艺术和西夏王国往日的辉煌和灿烂的同时，我也产生了些许感慨：西夏王陵没有留下多少文字的碑刻，只有一些我们至今没有读懂的文字。因而，我们无法从根本上弄清这个从马背上站起来的王国跌落的真实缘由。不少同代人感叹，小时候从历史课本上读到的历史，等到长大后或许就不一样了，甚至会出现截然不同的记载。这就是说很多东西都是后人尤其是现代人加上去的。有的人在生前拼命想方设法为自己树碑立传，千方百计渲染自己在某一历史时期的作用。其实又有什么意义呢？

走出西夏王陵，我一直思考着它给予了我一个什么样的结论。直到要上车时，回头望了一眼，忽然得到了启发，只见在一片空旷、一片寂静、一片沧桑之中，那一座座王陵显得是那么渺小，甚至微不足道。然而仔细想一想，一个王朝在浩瀚的历史之中，在一个伟大的民族之中，何尝不也是渺小的。认识自己的渺小，而且一切任后人评说，这岂不是一种历史的眼光？

　　带着从西夏王陵落下的一层厚重的历史尘埃和一串串问号，我们向新的目的地进发。

沙湖寻梦

中国人起地名，总是十分考究，有的是结合当地的地理环境，有的是依据当地的人文历史，有的是为了纪念某个历史人物。因而，一听到沙湖这个名字，我马上就联想到它是沙中的一片湖。如果在西方，就不一定这样联想，像美国的拉斯维加斯，很难让人把它与沙漠联系在一起。

事实上，沙湖的的确确是沙漠中的一个湖。一进入沙湖，首先映入眼帘的是湖边那座金黄色的沙山。我心中不由生出疑问：沙还能成山？真的堪称世界奇迹，人间一绝。据宁夏的朋友介绍，这座巍然屹立的沙山，来自远方的腾格里沙漠。腾格里沙漠被风吹起的飞沙，在种种特殊因素的作用下，翻山越岭降落在了这里，经过几百年甚至于几千年，聚集成了一座天然的沙山。它与沙湖形成了水映沙、沙依湖的美丽奇观。所以，在沙湖除了可以欣赏到美丽的湖光，也可以看到黄沙漫漫的山色，欣赏到驼铃声声中沙鸥翔集的奇异景观。

大凡第一次到沙湖的人，都不能不被它别具一格的景色吸引。在西北黄土高原这样干旱的地区，形成这么一个二十多平方公里的水面真的很不容易。仿佛这一片广袤的原野上的所有生机，都集结到了这里。乘上小艇，穿行在层层芦苇中，透过明镜一般的湖面，可以清晰地看到湖底的沙漠。那真是一片神奇的沙漠，有一座座矮小的沙丘，沙丘周围生长着青翠的植物，一群活泼的小鱼儿无拘无束地游着，让人联想起沙漠中的骆驼队。这时候你会发现自己陷入了迷惑之中：粼粼的波光是水中的沙漠在缓缓地移动，还是风吹湖水起的波浪，抑或进入了梦境？也许正是水中沙漠的反射，使得湖水在明亮的阳光下，显得越发清澈。远处的湖面上遍布着一丛丛绿色的芦苇，不像白洋淀那样连成一片，而是一簇一簇，亭亭玉立，让这片湖水充满了活力和生机。我记得著名诗人王辽生有一首写玄武湖的诗，开头两句是"是什么风吹活了玄武湖水，给我半湖珍珠半湖翡翠……"如果用到沙湖，就是"半湖珍珠半湖黄金"了。清风徐徐吹过，茂盛的枝叶随风翩翩起舞，那一抹正在你面前摇曳不休的鲜嫩颜色，仿佛就要晒化在了这初夏的阳光里一样，时而清晰又时而模糊。一只只苍鹭、白鹭、野鸭一类的鸟儿在湖面上盘旋飞过。远远看去，它们仿佛在湖面上跳着你形容不出的鸟类的舞蹈。还有些会猛然间飞向水面旋即又冲天而起，也有些飞着飞着就消失在了那密密的芦苇丛中。眺望远处，只见沙山绵延起伏，倒映湖面，在午后微醺的空气中，慵懒地揽湖自照。

沙湖值得回味的地方太多，但给人留下诗幻般印象，并且常在梦中被回味的是沙雕园。沙雕是一种以沙和水为基本材料的雕塑艺术，对于多年生活在大都市里的人来说，既新奇又稀奇。宁夏朋友告诉我，沙雕只能用沙和水来完成，不能使用任何化学黏合剂。它通过堆、挖、雕、掏等手段塑成各种造型。作品完成后经过外表喷洒特定胶水加固，在正常情况下一般可以保持几个月，因此被人们称为"速朽艺术"，也有的说是"昙花一现"。

我曾在海南三亚的海滩上看过沙雕。沙湖的沙雕与那些海滩沙雕相比，更加灿烂夺目。沙湖的沙子色泽金黄，又因为是"大风吹来的"，经过了过滤而特别纯净，无杂质而有黏性，也就是说更适合沙雕创作，更能表现沙雕艺术与众不同的特色。从 2002 年起，沙湖每年都要举办国际沙雕大赛，国内外著名的沙雕大师纷纷前来献艺，沙雕园中的作品也因此而具有很高的创作水准和艺术欣赏价值。在沙湖的沙雕园中，不但那一座座主题鲜明、寓意深刻的沙雕能够带给你无尽的联想，让你感受宏大与壮观之美，欣赏世界各地的奇异景观，观赏一组组奇趣的故事……而且单单就沙雕这种艺术形式来看，它也会给人以心灵上的震撼和对生命的感悟。

走在沙湖的沙雕园中，仿佛穿过一条时光隧道：不久前刚刚创作的沙雕都是崭新而棱角分明的，而那些已经完成了一段时间的作品，却线条都有些模糊不清了，还有的部位已经坍塌毁坏了。至于那些上一届沙雕大赛的作品——世界各地的特色建筑，多数都只剩下了残垣断壁。安徒生童话中的一座座城堡早已不见了王子与公主，城墙坍塌、塔楼崩倒，一副废墟中古堡的模样，只有一只只黑色的沙燕，在曾经的门窗中飞进飞出，寻找白云的辉煌。甚至还有一些已经毁坏得看不出本来的面目了，只有块块废墟还显示着曾经的美丽……几年，甚至是几个月，沙雕就经历了辉煌与黯淡，恢复了本来的面目。这时，一位同行者感叹地说出了一句曾经很流行的话："我把你的名字写在沙滩上，被风带走了。"他的话引起了我们的深思。没有一座沙雕曾经打算传世不朽，但所有的沙雕创作者在创作这种不久就会消散在风中的艺术品时，都是一丝不苟而极尽精巧细致。这种追求的本身就值得人们去思索。其实，人生何尝不是如此，无论你辉煌也好，灿烂也罢，不过都是昙花一现。人生真正的价值，就在于生的伟大。

沙湖的夜晚

在都市里住久了的人们，有一个共同的感觉，就是对夜晚的印象越来越淡薄，或者说越来越遥远。也许正因为此，2006 年春夏之交的沙湖之夜，才像久别的恋人再次相会那样，让我常常想起和回味。

对于为什么地球有白天和夜晚之分？夜晚的天空为什么又是黑暗的？科学家们研究了千百年，不知结论是否统一。我们不是搞这方面研究的，不能妄加议论。不过，从人的生理、心理健康来看，夜晚就是人的生命的加油站。2008 年春，我同中铁二十一局集团公司总经理李宁去甘南，在腊子口峡谷中，他指着那些青春洋溢的千年古树，感慨地说，越是偏远、寂静的山沟里，树长得越茂盛、越茁壮。从植物学的角度上说，树也需要休息。都市里从早到晚，不分昼夜的灯火、噪音，让树久而久之也产生了疲劳。后来，我留意观察了一段时间，发现都市里的树，尽管每天有人浇水，定期施肥，但树叶的确比不上山里的树叶绿而鲜嫩。

记得小时候在老家，到了夜晚时分，到处一片静寂，天也黑得如同涂了墨一样。无论谁家里发出一点动静，整个村子都能听到。夜里想解小便，看着黑黑的天，黑黑的地，心里害怕，只得故意哭几声，吵醒爷爷，让爷爷带着去小便。这些年，在都市里生活，真的感觉分不出夜晚的颜色。你说是黑色的吧，明明到处灯火通明，连天空都近乎看不到黑色。你说是白色的吧，它又阴影重重，没有明亮的光。最要命的是都市里忽高忽低、忽近忽远的噪音，吵得人心烦意乱，情绪焦躁不安。

沙湖的夜晚是在不知不觉中降临的。当橘黄色的晚霞从湖面上渐渐退去时，那片湖先安静了下来，向人们袒露出与白天的阳光下完全不同的面貌和迥异的风格。给我的感觉是湖水少了些许活泼，多了几分妩媚，变得幽深起来，湖中还没上岸的小船也不再像白天那样驰骋，而是缓缓地、深情地荡漾着，仿佛云中的弯月。小船荡起的一道道水纹在船的两侧传递开去，渐渐消失在远处，带动着水中的芦苇也轻轻地摇晃，把它们那鲜绿的身影摇碎在湖面倒映的金色的斜阳里。白天那些在水面盘旋的白鹭、野鸭们，此刻也安静了下来，偶尔有几只晚归的，在飞过绯红的晚霞时，掷下几声空旷的鸣叫。西沉的太阳好像担心人们议论它，脸红红的，带着几分害羞。此时的沙湖真是"一道残阳铺水中，半湖瑟瑟半湖红"。

　　望着沙湖上这美丽的落日，每个人都会领悟着自己的沙湖。一年当中，能有几个这样的日子、这样的时刻，让人静静地思考、细细地感悟，体味生命的愉悦？反映毛泽东青年时代生活的电视剧《恰同学少年》中有一个镜头，毛泽东的同学、后来成为革命家的蔡和森与女朋友向警予在橘子洲头，望着宁静的落日、宁静的湘江，感慨万端地说："一年中有这样几个安静的时刻多好啊！"我们这些平时工作缠身的人们，上一次这样静静地望着夕阳，又是什么时候？在我们太过复杂、太过喧嚣的生活中，"简单"二字成了一种奢望。就这样体味着简单而壮美的黄昏风景，我感受到了一种心灵的宁静。

　　宁夏的朋友告诉我们，金秋的沙湖的夜色要比此时更美。那时，湖中的芦苇全部变成金黄色，水鸟们也不像现在这样一到傍晚就隐蔽在了苇丛中，而是会成群结队地停泊在湖面上。若有什么响动，还会出现万鸟同时展翅，迎着落日一齐起飞的壮观景象。你可以想象得出来，满天橙红色的霞光中，无数的飞鸟漫天飞舞，万鸟齐鸣，该是怎样的一种震撼场面？脚踏在柔软的沙山上，望着碧波无垠的湖面，迎面吹着从湖上而来的微风，人的心情会渐渐地平静了下来，生活中的烦恼、工作上的压力，此刻都被抛到了九霄云外，天地之间只剩下一人、一沙、一湖。天光映照之下，湖面上的水纹颤巍巍地波动着，泛起粼粼的波光；湖风轻柔地吹拂之下，沙坡上的沙纹缓缓地移动着，叠起层层的褶皱来——岸上、岸下，土黄、碧蓝，沙纹、水纹交相辉映，直让人心醉神迷。

暮色四合。略带凉意的晚风静静地拂面而过，穿过湖畔的树林，传来了一阵轻微的沙沙声。湖水在夜色的笼罩下，正在静静地进入梦乡。湖对面，白天火热喧闹的沙山，此时也不见了游人的踪影，只剩下了一个黑色的轮廓。

　　沙湖的夜晚，是真正叫人能安心睡下觉的地方。月光，湖水，沙滩。

　　宁静才是夜晚的本色。

　　宁静也是人与自然和谐的重要元素之一。

　　我甚至想，如果真的搞一次全城停电，让夜晚回归，那不仅可能节约很多能源，也可以让人们重新回到正常的生活中去。

　　其实，我怀念的并不是黑暗，而是那份属于黑暗的宁静。

宁夏景象

　　我历来不赞成把甲方的风景比作乙方的风景，因为那无疑是一种复制，甚至可以说带有对甲方的贬低。记得小时候，我们老家的人把淮北称之为"小上海"。那时，我没有机会去看真实的上海，所以上海在我心中也就是淮北那个样子。直到 20 世纪 80 年代我在上海大学作家班学习，才知道那个比喻真真正正南辕北辙。这次，我在宁夏走了一圈以后，觉得把宁夏比为"塞上江南"，说它像江南那样美丽，也实在不怎么贴切。其实，你真正留心观察宁夏，可能会得出与我一样的感慨。

　　江南景色多为一个"秀"字，而宁夏景色中透露的则是一个"刚"字。不论是山是水，也不论是土地还是大漠，就是田里的庄稼也给人一种阳刚之气。在宁夏的大地上穿行，你会强烈地感觉到天地之间透着一股刚强的力量，一种奔放的热情。我们登六盘山那天，是一个阴霾的日子。到山顶时，天空突然出现万道金黄色的光芒，漫山遍野的树枝上都镶上了金黄色的边，仿佛在舞动金黄色绸缎，扭着秧歌欢迎远道而来的客人。这时，默诵起毛主席"六盘山上高峰，红旗漫卷西风，今日长缨在手，何时缚住苍龙"的诗句，你心中不能不生出一种浩然正气。

　　宁夏南部河套地区有广袤的平原，但属于地地道道的黄土地。由于地势起伏跌宕，田野也自然呈现波浪起伏的姿势。那山川是雄壮的，田野也是雄浑、宽厚的。远远看上去，绿色的浪尖上闪动着一片片金黄的光，仿佛数不清的蝴蝶在上边翩翩起舞。尤其是道路边、田野上的一排排白杨树，叶子都闪着金光。浩如烟海的沙漠，更是金碧辉煌，让你真正体会到"金色的海洋"的景象。至于说被炎黄子孙世代赞誉的母亲河——黄河，在金黄的阳光照耀下，犹如一河黄金……

宁夏的背景或者说基调是金黄色的，而且色彩特别突出，特别耀眼。黄河、黄土高坡、沙漠，无不贴着金黄色的标签。按照色彩学的说法，黄色与红色、橙色同为暖色，透着温暖，体现成熟，昭示丰收。在一些诗人、画家的笔下，在一些电影电视导演、摄影者眼里，黄色是出现和出镜率较高的色彩之一。

黄色渲染激情。著名导演陈凯歌的成名作品《黄土地》，就把黄土地特有的那种黄色的激情发挥到淋漓尽致，冲撞开长期笼罩在中国电影屏幕上沉闷、单一的色彩，让中国电影界开始了暖和的岁月。2006年，张艺谋的《满城尽带黄金甲》，又把黄色渲染到了极致。行走在宁夏，享受最多的是激情。不论是在浩瀚的腾格里沙漠上骑着骆驼行走，还是在流水湍急的黄河上漂流……那种激情总离你不远。

黄色代表着一种大势。在中国古代，黄色从某种意义上说是国色。自隋唐开始，历朝历代皇帝的龙袍都是黄色。自李渊称帝后，普通百姓不敢使用黄色，因为有犯上的嫌疑。虽然炎黄子孙千百年来以"龙的传人"自居，而黄河落日真正见过龙的人恐怕至今没有出世，但是我们世世代代绘制的龙的图腾均以黄色为基调。宁夏给人的印象就是大气、大势，山是那种大气磅礴的山，河是那种大起大落的河，沙漠是那种大度包容的大漠，就是土地上生长出的物产也是大红大紫……

黄色还最易兼容并包，可以与各种色彩融合，而且不计得失。最常见的是它每天都陪伴着鲜红的太阳升起，而人们却总是把颂歌献给红色，如红太阳、鲜红的太阳。中华人民共和国的国旗底色是红色，旗面左上方五颗黄色五角星，象征共产党领导下的革命大团结。红黄衬映，气势恢宏，象征着红色大地上显现光明，显示着希望、生机和力量。当你登上沙坡头，看到沙漠里成长起一片片绿荫，当你看到黄河岸边黄河水滋养着的一片片丰收之地，你更能体会到黄色的大度包容和非凡气质。

在江南如画的风景中，建筑无疑是精彩的一笔。同样，宁夏的建筑在宁夏景象中也据有重要的地位。在宁夏建筑中，清真寺又是一道别致的风景。宁夏作为我国最大的回族聚居区，有大大小小的清真寺三千多座，遍布城乡各地。宁夏的清真寺建筑是伊斯兰文化与中国传统文化融合一体的象征，最为引人注目的是将伊斯兰装饰风格与中国传统装饰手法融会贯通，在建筑群的色彩基调中突出伊斯兰教的宗教内容，同时反映出中国传统建筑文化注重总体艺术形象的鲜明特点。加上这些建筑大多建在高处，而且姿态雄伟、气势巍峨，不仅为宁夏景象增添一道独特的亮丽，而且赋予宁夏景象一股磅礴的大气。其实，它已远非一种建筑类型，而成为一种文化符号，一种历史积淀，一种特殊风景。

我读懂宁夏的本色是在彭阳。这里 20 世纪曾被联合国有关机构的专家学者宣布为"不适宜人居的地方"。几十年过去，黄土地上花团锦簇、花果飘香。人与土地、与自然情真意切、情景交融、情浓于水地和谐生存、相处。据心理学家说，色彩能够影响人的情绪、心理。从心理学角度看，黄色是一种团结色、上进色、快乐色。如果黄色表现在一方土地上，会让人加深对黄色是丰收的象征、收获的象征的理解。

宁夏的本色，其实就是土地的色彩，生命的色彩。它让宁夏景象也充满了憧憬和力量。

云中的高庙

远看中卫高庙，就像定格在苍茫的蓝天上的一片云。

在中国辽阔的大地上，古代建筑比比皆是，而在这些古代建筑中，占地面积较大，建筑富丽堂皇，矗立的时间长久且又较为吸引当代人的庙宇，即使不能算得上首屈一指，也应当算是名列前茅。尤其是这些古代庙宇与文化、艺术、各种教派的关系，或给人以博大精深的感觉，或给人以密切相关的感受。无论你走近哪一座庙宇，都可以从中了解到一段历史，或跌宕起伏，或引人入胜，或扑朔迷离，或高深莫测。记得在皖北一个乡村，有一座 20 世纪 80 年代由村民投资修建起来的小庙宇。我问其来由，当地一个村民竟然能把那座小小的庙宇同唐代联系起来，并且言之凿凿、引经据典地讲了一段历史故事，让我听后一头雾水。

实事求是地说，我对庙宇没有研究，所以兴趣也不高。但是，到了中卫，高庙集佛教、儒教、道教"三教合一"的鲜明特色或者说个性，引起了我的兴趣。

高庙坐落在中卫城城北接连城墙的一座高台上。据导游介绍，整个高庙占地二千五百零一平方米。在全国各地庙宇中，若以规模论资排辈，高庙恐怕要排在很后。但它的主要建筑集中在一条中轴线上，近百间不同内涵、不同风格、不同特点的殿宇自下而上，重重叠叠，层次分明，立体感强，紧凑而富于变化，尤其是独具一格的"三教合一"，让人觉得它又不同凡响。

位于前院的是保安寺，院子里有一些上了年岁的古树，高高大大，昂然伫立，显得庄严而又威严。进入山门，就能看到高庙的主体建筑。首先映入眼帘的是单檐歇山顶大雄宝殿。大雄宝殿的两侧，厢房、地藏宫、三霄宫和三座配殿风格别致。尽管我对建筑学没有研究，此时此地也让我感到心灵震撼。当现代人津津有味地谈论建筑艺术时，不知道是不是想到过建筑艺术的历史渊源，或者说最早的建筑艺术大师。他们在修建这些庙宇时，已经注重把建筑、环境、人们的审美需求等结合得恰到好处，即使说完美无缺也不过分。我不知古时的塞外名城中卫是什么模样，但从高庙的建筑就可以看出，那时的中卫的建筑一定是最美的风景。

中国古代建筑的最大特点是集建筑、雕塑、雕刻、绘画、书法以至音乐等多种艺术为一体，而且带有时代烙印。换句话说，就是每个时代的建筑，都有每个时代的特色。我记得文学泰斗巴金对五台山的评价是"一座博大精深的文化艺术宝山"。这一点，高庙也毫不逊色。过了南天门，就是中楼。中楼六角、三重檐、四面坡顶，分三层叠合，两侧有东西天池和砖砌天池，用飞桥同南天门相连，浑然一体。然而，如果仅仅有这些各具特色的建筑，绝对不会吸引或者征服历代人们。同所有的庙宇一样，它的一座座雕像、雕刻，更是散发着一种美丽、庄严而又神圣的气息。中国的庙宇大多供奉神灵，这些神灵身上的故事，影响了一代又一代人。有人说地方官吏换了一茬又一茬，走了一任又一任，在当地老百姓中能够留下名字的并没有几个，惟庙宇的神圣活得始终坚强。中楼上层的太白金星像气宇轩昂，给人的是一种威严感；而中层的观音像则温和慈祥，让人感到亲切；下层的二十八宿像，也都是栩栩如生。这时，你不能不想到，这些被人类供奉为神的，究竟靠什么让人类世世代代供奉、瞻仰、敬重？其实，说到底还是精神力量。殿中供奉为神的人物，或者有救世的传奇，或者有慈善的义举，或者有忠骨烈胆，或者豪侠仗义……让走近的人们不能不肃然起敬，心怀虔诚。而这些人物身上，都散发着古老文化的光辉。

拾级而上，最后是分上中下三层而建的五岳玉皇、圣母宝殿。下层正面是五岳庙，东有三宫殿，西有祖师殿；中层正中塑有玉皇像，后楼为大成殿，祀孔子；上层正面为瑶池宫，东西两侧为三教宫。三殿底层东西两侧是文武楼。文楼塑的是文昌，身骑四不像怪兽；武楼塑的是关公，骑赤兔追风马。文武楼下层的龙王宫，塑四海龙王，神态各异，活灵活现。每一个雕像的人物，都是中华民族古代历史上或传说，或存在的风云人物、英雄豪杰。他们就是一段历史故事，一首生命之歌，一个文化符号。这也是庙宇给人审美力的一个有力表现。

沿二十四级青砖铺砌的台阶而上，砖雕牌坊耸立眼前。牌坊立的一副对联十分有趣。上联是：儒释道之度我度他皆从这里；下联是：天地人之自造自化尽在此间；横批是：无上法桥。

如果你一时无法理解，将其与砖牌坊下面的地狱宫联系起来，就好理解了。在这所被称为地狱的宫殿里，各种怪像云集，有的青面红发，锯齿獠牙，面目狰狞，咄咄逼人；有的表情庄重，目光坚定，神情从容，气质超群……置身其中，每个人一定会有不同的联想。然而，纵观整个绘画，又不得不对创作者丰富的想象力，浪漫与现实相结合的创作手法，以及笔法细腻、色彩鲜明的技艺产生敬仰之情。据说，高庙里原存有一千七百多个彩塑雕像和大量彩画，但我所看到的仅仅是一部分。问其原因，朋友轻轻感叹地说了两个字："十年……"我就马上明白，他所指的是20世纪60年代中期至70年代中期，发生在中国大地上的十年动乱。那十年，的确毁灭了许许多多珍贵而又美好的东西。高庙只不过是遍体鳞伤中的一个小小的伤疤。

据说这座称为高庙的庙宇始建于明代永乐年间，时称"新庙"。至于为什么称之为新庙，解释的版本不下十几个。但是有一点是共同的，就是这座庙宇当年香火旺盛。从高庙"三教合一"，众神同堂，可以看出它的投资者、设计者、建设者以及创作者，都力求表现一个"和"字。史料上说，到了清朝康熙四十八年（公元1709年）秋，宁夏一带发生了强烈地震，新庙没能躲过这一浩劫，几乎被夷为平地。地震过后，在废墟上重建。清朝道光二年（公元1822年）、咸丰三年（公元1853年）、光绪八年（公元1882年）又屡次续建和扩建，并将其改称为"玉皇阁"。从这一点来看，那些皇帝之所以不惜斥巨资修建这座庙宇，与他们利用宗教统治当地民众的意图有关。而大凡坐落在偏远地方的庙宇，都可以看到皇帝的御笔。

民国初年，新庙宇再次增建，此后改称"高庙"。至于为什么称其为高庙，不得而知。我想也许与它"三教合一"有关，也许就是因为建在高台之上，也许有着更为深邃的内涵吧！

     在我们一些影视作品中，常常把这个教派与那个教派对立起来，各有各的山头，各有各的势力，水火不容。从中卫高庙"三教合一"不难看出，各种教派和谐相处，相互依存，不仅是教派的最高境界，也是人类文明得以传承之所在。其实，一座座庙宇都不是用一种文化现象可以说明或者解释清楚的。我觉得人们尊崇的不仅仅是一种宗教信仰，也包含着对一个民族历史和一个民族文化的尊重。

风中有一片这样的沙漠

　　说起沙漠，没有到过沙漠的人可能会感到很遥远，但是，说到沙尘暴，即使对沙漠没有任何印象的人也会感到惊心动魄。当沙尘暴袭来之际，黄沙飞扬，遮天蔽日，远在沙漠几千里之外的城市都受到牵连，深受其害。有资料表明，不仅是西北和整个北方地区受到沙尘暴的侵害，长江流域也处在它的威胁之下……

　　我们去沙坡头的路上，从巴士车上电台播出的气象预报中得知下午有风。有的同行心有余悸，建议改变行程。宁夏的朋友笑着说："沙坡头没有沙尘暴。否则就不是沙坡头了！"没有沙尘暴的沙漠，你听说过吗？我们怀着好奇、惊奇，甚至感到有点儿离奇的心情踏上沙坡头。

　　沙坡头地处中卫境内，距中卫市仅二十公里，位于腾格里沙漠南侧。"腾格里"在蒙古语里意为"天上掉下来"的沙漠，或者译为"像天一样高的地方"。这个沙漠的总面积约为四点三万平方公里，号称中国第四大沙漠。我们登上沙坡头，正是午后时分，第一感觉就是离太阳非常近，仿佛再走一会儿就能到达太阳的身边。天空中果然看不到黄色大雾一样的沙尘，反而像水洗过一样纯净。远处的沙漠上，缓缓移动的白云，犹如在沙漠上散步的羊群。坡下曲折的黄河，宛如一匹舞动的绸缎。坐在羊皮筏子上、身着红色救生衣的人们不时发出一声声尖叫，但不是那种受了惊吓的恐慌，而是被黄河和两岸景象感动，发出的惊喜交集的欢呼……

　　难道是风止了？我感觉到风没有止。人在吃东西时讲究口感，就是品尝被吃物的味道，其实，感觉是多样的。比起口感来，视觉感也同样重要。人对景物的印象，往往不仅是凭着观察得出认识和结论，还要凭着感觉。有的景物，可能是过眼云烟，但有的景物，则是过目不忘。这就是感觉。我之所以感觉到沙坡头上的风并没有静止，是因为我和同行朋友身上的衣服在飘动，身边的树影在晃动，沙漠上那些叫不上名字的绿色植物在摇动。而且，我还感觉到，冲击着沙坡头的风来势很强。此刻的沙坡头，为什么能泰然自若、风平浪静呢？

宁夏的朋友告诉我们，过去的沙坡头不是这样。有一首民谣说道："上了沙坡头，白骨无人收。脚踩阎王砭，性命交给天。"那时，沙坡头的天气瞬息万变，刚刚还是晴空万里，风和沙静，金黄的沙丘就像定格的波浪，但是一旦风暴袭来，风卷沙扬，铺天盖地，掩埋村庄，吞噬良田。千百年来，沙进人退，仅近代三百年间，中卫市被迫向后退了七点五公里，被吞没的良田有近五万亩。到了新中国成立时，中卫市已处在被沙漠吞没的边缘。

多少年来，英勇的华夏儿女一直在寻找治沙的方法。20世纪50年代，为了加快西部地区经济社会发展，结束宁夏不通火车的历史，新中国上马建设了包兰铁路。这条铁路穿越腾格里沙漠，连接华北与西北，是我国第一条沙漠铁路。当时，国外有不少沙漠铁路因流沙的侵袭而被迫改道。通车后的包兰铁路初期也深受风沙的危害，火车被迫停开等情况时有发生。为保证铁路安全畅通，兰州铁路局中卫固沙林场的科技人员和工人，在中国科学院沙漠研究所沙坡头治沙站科研人员的大力支持和配合下，勇敢地承担起治沙工程的重任，在火车穿越的五十公里铁路沿线展开了规模浩大的治沙工程。经过几十年坚持不懈，在铁路沿线建起绿色屏障，不仅保障了包兰铁路安全畅通四十余年，而且创造了前无古人的伟大奇迹：实现了人进沙退，使十六万公顷被沙漠吞噬的土地变成了绿洲，极大地改变了这里的生态环境。沙坡头每年的风沙日由四十年前的三百三十天减至现在的一百二十二天。植物种类由过去的二十五种旱生植物发展到现在的四百五十三种，植被覆盖率由过去不足1%上升到42.4%，以前这里难见野生动物，如今已有一百四十多种。国家环保总局在沙坡头建立了中国第一个具有荒漠生态特征的自然保护区，铁道部也在沙坡头建起了中国第一个沙生植物园。沙坡头固沙模式和治沙经验，已在甘肃、青海、新疆、内蒙古和东北地区推广应用。世界五十多个国家和地区的数百名专家、学者前来参观考察，称赞这是"人类治沙史上的奇迹""世界上首位的沙漠治理工程"……人类就这样第一次改变了沙进人退的被动局面，尽管只是前进了几十公里，却耗费了几代人数十年的心血，这不能不让人感叹治沙工作者的智慧与勤劳，还有他们那无私奉献的伟大精神！沙坡头由此还荣获了联合国"全球500佳环境保护奖"。

一列列火车从沙漠的铁路上飞驰而过；一支支驼队走向沙漠深处；一群群游客在滑沙……这一片沙漠是那么安宁、祥和。

风中的沙漠，看不到沙尘飞扬，看到的是碧蓝的天空，这难道不是伟大的奇迹吗？

沙坡头随感

近些年，不断可以看到严肃批评甚至恶毒咒骂"人定胜天"这句话的文章，有的说它不符合客观规律，有的说它是一种狂想……实事求是地说，这些观点，的确引起了一些人的思想共鸣。我曾经也对这些观点持赞成的态度。可是，到了宁夏中卫的沙坡头，看了沙坡头治沙的展览和实际情况后，我对"人定胜天"这句话又有了新的认识和理解。

沙坡头位于我国第四大沙漠——腾格里沙漠的南缘。它古称沙陀，元代称沙山，至乾隆年间形成了一个宽二千米，高二百米，倾斜六十度的大沙坡，由此得名沙坡头。这里的沙漠沙层厚度达七十至一百米，在全世界的沙漠中都属罕见。同沙漠地区气候一样，这里年降雨量仅一百八十毫米，蒸发量却高达三千零六十四毫米。过去，沙坡头一带的沙漠流动沙丘占到百分之七十一，每遇风暴袭击，飞扬的黄沙铺天盖地、遮天蔽日。传说中沙坡头一带过去曾有过城镇，都被沙尘暴掩埋于地下。有统计资料表明，沙坡头一年中最少要刮三百多次有级别的狂风，沙丘平均每年移动二至五米。过去三百多年中，腾格里沙漠不断南侵，迫使中卫绿洲后退了七点五公里，二千七百多公顷良田被沙海吞没，成千上万的民众被沙"逼"得背井离乡。尤其是沙漠对黄河的侵害相当严重。有资料显示，沙漠每年被大风刮到黄河之中的黄沙，不仅改变了黄河的着色，而且增加了黄河的沉重。

千百年来"沙逼人退"，人们不禁望沙生畏，甚至谈沙生惧。谁要说能治理沙漠，尤其是沙坡头这样的沙漠，肯定要遭到嘲笑、讥讽，甚至指责。1958年，连接华北与西北的包兰铁路贯通，其中有五十公里的铁路线穿过腾格里沙漠。这是我国第一条沙漠铁路。修建这条铁路时，决策者们就曾为穿越沙漠感到头痛。通车初期，这条铁路也的确深受风沙危害，火车曾多次因路轨被移动的黄沙掩埋而被迫中断。这个时候，有人建议铁路改道，说是国外大凡沙漠铁路遭受流沙侵害，都只能改道，别无他法。但是，承担治沙工程的兰州铁路局中卫固沙林场的科技人员和工人，在中国科学院沙漠研究所沙坡头治沙站科研人员的大力支持下，经过近百次反复试验，摸索出了"麦草方格沙障"，也称麦草方格固沙，达到阻沙、固沙的目的；在草方格上栽种沙蒿、花棒、籽蒿、柠条等沙生植物，建立起旱生植物带，营造挡沙林。同时建了四级扬水站，将流经沙坡头的黄河水引到沙丘上，提高了林木的成活率。一条护卫着铁路的绿色长廊出现在腾格里沙漠上。包兰铁路得以四十多年安全运行，畅通无阻。在固沙护路的同时，科技人员和工人们还夷平了上千座沙丘，开垦出二千多公顷沙地，引黄河水栽种了苹果、梨、桃、葡萄等果树，在铁路边建起了一座沙漠果园。

大凡到过沙坡头旅游景区的人，无不留下惊叹的目光和赞叹之声。

黄河、青山、沙漠、绿洲……这些景观中每一个单个的景观，在中国很多地方都可以看到，世界范围内就更不计其数了，而且有的地方远比沙坡头更具魅力。比如神奇的鸣沙山，在全国、全世界就有好多处；再比如沙漠，尽管沙坡头地处的腾格里沙漠是我国的第四大沙漠，气势雄浑，但比这片沙漠更浩渺、更广阔、更壮观的沙漠在全国、全世界很多。至于说黄河，流经大半个中国，一路上留下的壮丽景观满目皆是。但是，把这些景观集中到一处，或者说集于一身，而且让它们都为自己调遣、安排，沙坡头当属独一无二。这正是它让人惊喜、惊叹之处。

站在沙坡头望去，沙山的北面，是一望无际的腾格里沙漠；沙山的南面，是黄河水亲切滋润下成长起来的郁郁葱葱的绿洲；沙山的脚下，则是日夜奔流不息的黄河；而不远处，就是绵延起伏、险峻挺拔的祁连山余脉。尤其是到了傍晚，太阳即将落山的时候，从沙坡头望去，"大漠孤烟直，长河落日圆"的意境，体现得最完美、最淋漓尽致。

沙漠绿洲，是人类千百年来的一个美好的愿望，或者说一个美丽的梦想。但是，在沙坡头，你可以看到这个梦想成真了，这个愿望实现了。

悠悠岁月，由古而今，集沙与水为一体的天赐绝景与人们的不懈创造，使如今的沙坡头已不是古时的沙陀头，它融自然景观、人文景观、治沙成果于一体，被世人称为"世界沙都""世界垄断性旅游资源"。如今的沙坡头腾格里沙漠，既有沙漠波澜壮阔、苍茫雄浑的共性，又有风平沙静、温存敦厚的个性。游客可以骑着骆驼，悠闲自得地欣赏沙漠的景观，尤其是观赏雄浑的大漠日出日落的壮美，体会王维那首脍炙人口、千古传唱的绝句"大漠孤烟直，长河落日圆"所描画的景象。尽管时光已远隔了千年，那景象依旧动人心弦。在这一时刻，人的思绪不禁会被拉到寂寥空灵的意境中，而产生出无穷无尽的遐想。我的一位同行，就情不自禁地躺在沙漠上，久久不愿起来……你不能不为那些几十年奋战在治沙一线的科技人员、林业工人感到自豪，不能不为我们的国家创造了这样的人类奇迹感到骄傲。同时，你也不能不认真地想一想"人定胜天"这句话的深刻意义。其实，提出"人定胜天"的人，绝不是在单纯指人与天一争高低，而是鼓励人们树立战胜自然灾害的信心和勇气。我理解他所说的天，指的是大自然中的一些灾害。对于大自然中的灾害，人们虽然不能完全战胜，但也的的确确战胜了很多自然灾害。同时，人的确应当具有这种精神，否则，根本就不可能在这个自然灾害频发的地球上生存。

　　这，也是人类文明的一个象征，人类进步的一种动力。

会唱歌的沙漠

　　说到沙漠，人们常常把它与枯燥、枯黄、枯寂、灾害甚至灾难联系在一起。因而，很少有人相信沙漠能唱出美妙动人的歌。到了宁夏，听人说沙坡头一带的沙漠会唱歌，我的第一反应是惊讶，感到不可思议，当然也不相信。所以，在去沙坡头的路上，我反复在想象着沙漠的歌声从何而来：是大风从沙漠上掠过的声音？是沙尘飞扬的声音？抑或是从遥远的地方飘过来的声音？我知道，国内有一些旅游景区的很多传奇故事，是当地人创作出来的，为的是吸引游客。这些年，出现了几个地方同时争一个名人的出生地、帝王将相墨宝或足迹留处的"官司"，甚至玷辱一个地方的"穷山恶水、泼妇刁民"这种词句，也因出自乾隆皇帝之口（是否如此尚无考证），而被相邻的两个市争相使用，以示皇帝曾经过此地，进而表明自己的历史悠久。俗话说眼见为实，沙漠会不会唱歌，我不仅想亲眼看一看，更想亲耳听一听。

　　我们同行的一位宁夏的朋友，曾多次到过沙坡头，对沙坡头的历史和现状了如指掌。他告诉了我们一个关于沙坡头的传说。中国有四大鸣沙山。沙坡头是其中较为有名的。同其他几大鸣沙山一样，沙坡头的传说也古老而悲凉，并有着浓重的神话色彩。传说很久以前，靠近黄河的沙坡头是一个码头，丝绸之路的枢纽，四方商旅往来不息，逐渐形成一座终日喧哗、热闹而又兴旺的古城，名字叫作桂王城。由于它紧靠着茫茫大沙漠，经常受到风沙的侵袭，因此，南门城楼上挂着一口神奇的大钟，每当风沙降临的时候，那口大钟就会自鸣起来，提醒和呼唤城里的人们逃避。很多年间，有这口大钟的报警，城里的百姓躲过了一场又一场灾难。百姓都把那口大钟奉若神明，称其为"神钟"。有一天，大钟突然又惊天动地地自鸣起来，百姓一听神钟报警，连忙行动，扶老携幼，仓皇出逃。但是，那一次的沙尘暴来得太猛太快，很多人没来得及逃离就被遮天蔽日的风沙吞没。大风挟着沙尘一连刮了七天七夜，埋没了城市，吞没了繁华，也淹没了一段历史。那口大钟自鸣了七天七夜，被流沙掩埋在了沙坡底下，和桂王古城一样成了世代流传的传说。据说，被埋在沙丘下的人们悲痛难忍，不停地哭泣，眼泪汇成一股又一股清凉的细泉，沙坡下的泉水也因此就被人们称为"泪泉"。那口曾被奉若神明的神钟，也在沙坡下不停地自鸣……

听了这个传说，我们都默然。残酷无情的自然灾害，给人类带来的悲欢离合数不胜数。但是，古老而又悲凉的传说和"神钟自鸣"并不能解释清楚鸣沙的缘由。据说，专家学者们按照科学原理，对鸣沙现象进行过研究，至今有三种不同的解释：第一种解释是"静电发声"。由于沙坡头地势高，沙山的沙粒在人力或风力推动流泻时，含有石英晶体的沙粒就会互相摩擦而产生静电。当静电放电时，便会发出声响，每一处静电放电的响声汇集起来，就会形成轰轰隆隆的声响。第二种解释是"摩擦发声"。当天气炎热时，沙粒会变得特别干燥而且温度增高。对其稍有摩擦，即可发出爆裂声，众声汇合一起也会形成轰轰隆隆的声响。第三种解释是"共鸣放大"。沙山群峰之间形成了壑谷，是天然的共鸣箱，流沙下泻时发出的摩擦声或放电声引起共振，经过天然共鸣箱的共鸣，放大了音量，也能形成轰轰隆隆的声响，而且长久不息。到底哪一种说法才能解释沙山鸣沙之谜的真相，现在还无法考证。

"每一个来到沙坡头的人，都禁不住要亲身去体验一下神奇的'金沙鸣钟'，也可以说自己制造的歌声。到了沙坡头，你们可以体会一下。"宁夏的朋友这样说。

沙坡头坐落在宁夏中卫市城西二十公里处。听了沙坡头这个名字，你就不难想象出它那雄浑壮丽的景观。在汉语词汇中，"头"字不是随随便便可以戴上的。既然叫沙坡头，一定有其背景。果然，一下车，我就被眼前的景象震撼了。在苍茫的贺兰山下，黄河绕了几道圈子，形成了一个巨大的"S"形状，仿佛一条气势磅礴的巨龙。北岸高达百米的陡峭高坡，被从腾格里沙漠吹过来的黄沙厚厚地覆盖，远远望去金光灿灿，如同铺了一层黄金。而沙坡由于高低不平，形成了一道道起伏的弧线，一个个独立的坡头，就像一排排翻腾的巨浪，或者说一座座挺拔的峰峦。如果用千峰竞秀来形容，恰如其分。这里的沙层有七八十米到一百米厚，在全球沙漠中也属于非常罕见，因而被国外沙漠专家、学者称为"世界沙漠之祖"。它一边连接一望无际、苍劲雄厚的腾格里沙漠，一边濒临九曲十八弯、奔腾不绝的黄河，于是，形成了集山、水、沙为一体、独具一格的景观。大凡到宁夏的人，都会到沙坡头看一看，不仅是看它独具特色的景观，还感受它的奇妙和奇迹。

"滑沙"，是沙坡头的一大特色旅游项目，也就是宁夏那位朋友说的亲自体验"金沙鸣钟"。沙坡头拥有沙漠积累而成的陡坡，最高处达二三百米。人坐在滑板上，从坡上向下滑，速度飞快，如同从天而降，既十分有趣又惊险刺激，同时，也考验人的胆量、锻炼人的意志。这个时候，就能听到传说中的"金沙鸣钟"的声音。尤其是众多人一起滑沙的时候，那声音如洪钟巨鼓，沉闷浑厚，仿佛千军万马奔腾而来。人越多，声音越大；动作越整齐，沙鸣越久。据说，世界所有的沙漠，都没有这种条件，因此，在沙坡头"滑沙"，会有在其他沙漠无法感受到的奇妙。如果是在晚间"滑沙"，不仅能听到沙鸣之乐，还能欣赏人体与沙粒摩擦产生的缤纷火花。

我因为心里想着听沙漠唱歌，所以聚精会神地聆听着各种声音。然而，过了很长时间，也没听到传说中万马奔腾，或者说洪峰澎湃的声音，只有沙漠上飘荡而来的驼铃声、黄河上回荡的游客猎奇的呐喊声、众多游人"滑沙"时制造出的沙鸣声，以及从远处山坳中传来的民歌声。我感到不解。宁夏的朋友告诉我，那种铺天盖地、轰轰隆隆、气壮河山一样的声音已经很久没有了。这是因为沙坡头的治沙工作取得了很大的成果，流动不息地吞噬着土地的"沙魔"被治沙工作者套上了"缰绳"，过去导致鸣沙的特殊构造，已经因为人类的治沙努力而发生了变化。

沙坡头沙漠博物馆里陈列着的联合国和国际环境组织颁发的奖杯奖状，向我们打开了沙坡头治沙那艰苦卓绝的历史画面。新中国成立之初，国家投资修建横贯大西北的交通命脉——包兰铁路。这条铁路穿过中卫市境，必须六次穿越腾格里沙漠南部边缘地区的总长近五十六公里的沙漠。其中以沙坡头坡度最大，风沙最猛烈。为了保证这第一条沙漠铁路畅通无阻，避免路轨被沙埋住，从 20 世纪 50 年代起，治沙工作者、铁路干部职工、固沙林场工作人员、沙漠研究专家学者和中卫人民一道，历经千辛万苦、千难万险和千锤百炼，研究和探索出了"麦草方格固沙法"。同时，又成功地栽植了多种沙生植物，形成了大片相连的沙障，使铁路两边形成了两道绿色的屏障，有效地控制了沙害的侵扰，阻碍了沙漠继续向东南侵袭。经过几代人将近五十年的努力，这项工程终于取得了成功，在铁路两侧巨网般的草方格里长满了沙生植物，在铁路两侧营造起了防风固沙工程，保证了世界上第一条沙漠铁路——包兰铁路——几十年来畅通无阻，安然无恙。可以说，沙坡头这一片绿洲不仅有效地保护了阿拉善沙漠地区的土地，改善了这里的环境，创造出了独特的沙漠生态系统，为生活在这里的人们创造了经济效益，同时，它阻止了沙漠化的进程，有效地保护了黄河不被沙漠侵吞，更为重要的是，它为人类治沙提供了丰富的经验。走出沙漠博物馆，看着沙坡头成群结队、游兴浓烈的游客，奔流不息、一泻千里的黄河，生机盎然、巍然挺立的绿树，炊烟袅袅、绿树环绕的村庄……一种排山倒海、气势磅礴的歌声突然而至，让我的心灵感到震撼。我终于明白了，会唱歌的沙漠过去唱的，都是因为面对残酷的大自然而无能为力才产生的"悲歌"，如今的沙漠依然是会唱歌的沙漠，是在唱着新中国治沙英雄的赞歌，唱着人类进步的赞歌，唱着中华民族伟大复兴的赞歌。只有这样的歌声，才会永远在人们的心中回荡。

沙坡头长城

　　说起对中国的印象，很多外国友人，不管是到过中国还是没有到过中国的，必然会竖起大拇指称赞长城。可以毫不夸张地说，长城就是中国的一张名片，一个品牌，甚至可以说中国历史文化和民族精神的象征。

　　实事求是地说，我曾不止一次登上八达岭长城，每次登上长城，一种自豪感就会油然而生。我和很多人一样，始终认为长城绝不仅仅是古代的一个建筑，也绝不仅仅是古时的一道军事防御工程，而是集政治、经济、军事、历史、地理于一身，融会了建筑、文化、艺术、民俗、审美等多种学科，凝聚了中华民族的智慧、知识、血汗以及创造力的一座浩瀚的博物馆。到了宁夏，看了位于中卫市沙坡头旅游区黄河南岸的古长城以后，对长城的认识更加深刻，而这种感觉也更加强烈，甚至超过了以往任何时候。

　　这道古长城与北京的八达岭长城一样，筑在崇山峻岭之上。刚一看时，我和同行的朋友都误以为那是天然的奇峰。宁夏的朋友告诉我们，那是古人在高山上修建成的石头长城。远远望去，它仿佛一条巨龙蜿蜒曲折，气势磅礴，给人一种横空出世的印象。而在崇山峻岭之间，也就是长城的脚下，则是一泻千里而来的黄河，旁边又是一望无际的大漠，真正是交相辉映，雄奇壮丽，形成一幅天下独一无二的自然景观。难怪有的国外旅游专家赞叹不已地说沙坡头是"世界垄断性旅游资源"。

　　宁夏的朋友自豪地说："沙坡头还有一个独领风骚的特点：中国民族精神象征的两条巨龙——长城和黄河同时出现在一个地方。"听了他的话，我和同行的朋友思考了半天，在中国其他地方确实找不到黄河与长城同时出现在一个地方的情况。

据考古学者、研究古代建筑以及研究古代军事的专家学者考证，位于沙坡头的古长城为战国时代秦昭王长城和秦始皇长城。《史记·匈奴列传》中说："秦昭王时，义渠戎王与宣太后乱，有二子。宣太后诈而杀义渠戎王於甘泉，遂起兵伐残义渠。於是秦有陇西、北地、上郡，筑长城以拒胡。"今宁夏固原以北、中卫黄河以南，春秋战国时地属义渠戎国。秦昭王伐残义渠后将其地并入北地郡。《史记·秦本纪》说秦国"后子孙饮马于河"，指的就是秦国西部、北部疆界已到达陇西、北地的黄河岸边，即今天的甘肃兰州、靖远、宁夏中卫的黄河东岸、南岸。秦昭王修筑"拒胡"长城时，必然要将陇西、北地、上郡所辖地域全部包括于他所筑的"拒胡"长城以内。秦始皇统一六国后，派蒙恬统兵三十万修筑万里长城。据《史记·蒙恬列传》载，在"秦始皇已并天下，乃使蒙恬将三十万众北逐戎狄，收河南，筑长城，因地形，用险制塞，起临洮，至辽东，延袤万余里"。据《史记·秦始皇本纪》载，在秦始皇三十三年，"西北斥逐匈奴，自榆中并河以东，属之阴山，以为三十四县，城河上为塞"。也就是说，秦始皇在西北地区修筑的长城是沿着洮河、黄河，自西南向东北修筑的，沙坡头长城正在其中。这里的长城，除了依山体陡峭劈凿而成的"城墙"外，更多的地方是用黄土夯筑和山石砌垒，较北京八达岭等处明代的石砌长城，更具考古价值和审美的力量。

听了宁夏朋友的介绍，我心里自然又是一番感慨。我们的先民们，竟然凭借着极为原始、极端落后的生产工具，在崇山峻岭之上完成了极为庞大、极为艰巨的长城这一建筑工程，被一些专家称之为"世界高山建筑艺术的奇迹"。而且让它屹立于中华民族几千年，成为中华民族不朽的精神支柱，以及全人类宝贵的历史文化遗产，真正让后人永远敬仰。

沙坡头古长城后经汉、明等朝代多次修筑，以其雄伟的气势和博大精深的文化内涵，吸引着、感动着一代又一代的文人墨客、守边将士、社会名流等，他们以长城为题材创作了大量的文艺作品，其中"边塞诗"题材尤为广泛、形式多样、动人心弦。唐代边塞诗人李益《登长城》中有"汉家今上郡，秦塞古长城。有日云长惨，无风沙自惊。当今圣天子，不战四夷平"，写出了唐太宗李世民驾幸宁夏灵州，接受突厥颉利等十余部族臣服的太平盛象。短短几句诗，表现的却是一段丰富的历史。唐代诗人江为《塞下曲》中的"万里黄云冻不飞，碛烟烽火夜深微。胡儿移帐寒笳绝，雪路时闻探马归"，写出了守卫边陲的将士的生活以及怀念亲人的那断肠哀切心情。唐代诗仙李白的"长风几万里，吹度玉门关"，则直抒胸臆，赞美、讴歌长城的英雄形象。王昌龄的"秦时明月汉时关，万里长征人未还"，以及王维的"劝君更进一杯酒，西出阳关无故人"则写出了戍边征战，关山行旅的千古绝唱。毛泽东的一首《沁园春·雪》"北国风光，千里冰封，万里雪飘，望长城内外，惟余莽莽……山舞银蛇，原驰蜡象，欲与天公试比高……"更是把长城绚丽的自然风光、长城丰厚的文化底蕴、长城博大的精神内涵和中华民族生生不息的精神表达得淋漓尽致。

长城本身就是一首久唱不衰的诗。一个建筑能达到如此效果，的确引人深思，发人深省。其实，有些记载在书中的历史，日子久了倒成了传说，甚至被后来人在影视中戏说，而矗立在大地上千百年不倒的历史，才是真正的、真实的历史。

沙坡头黄河

　　如果不是事先知道了要看沙坡头黄河，如果不是宁夏的朋友告诉我已经到了黄河边上，脚下就是黄河，我真的不会相信这个类似于太极形状的弯弯的河流就是黄河。

　　在我的印象中，黄河应当是巨浪翻滚，奔腾不羁，一泻千里，大气磅礴……而眼前的黄河，却是平平静静，温柔敦厚，甚至有些温文尔雅，就连河中不时跳跃的浪花，也像一个姑娘在跳着轻松欢快的舞步。一时间，我脑海里甚至于闪过了一个大大的问号：这是黄河吗？

　　宁夏的朋友告诉我，黄河是穿过腾格里沙漠东南边缘进入宁夏境内的。这就是说，它是正宗的黄河，而且是黄河的主流。

　　"为什么这里的黄河那么温顺？"我不由得问道。自古以来，歌颂黄河的诗词歌曲层出不穷，可以编成厚厚的一本黄河大典。"黄河之水天上来，奔流到海不复回"那句千古奇唱，影响了一代又一代人对黄河的认识。不过，千百年来文人墨客们笔下的黄河大都是一泻千里、奔腾澎湃的黄河，排山倒海、声震云天的黄河，性情暴烈、桀骜不驯的黄河。我也曾见过流经兰州市区的黄河，宁静而婉转；流经郑州的黄河，宽广而平坦；流经济南的黄河，张扬而带着野性……但是，像沙坡头黄河这样温顺的还是第一次见到。

　　宁夏的朋友指了指周围的高山、沙漠，意思是让我看一看这里的地理环境。我观察了一会儿，果然明白了一些奥秘。

　　从青藏高原一路奔腾而下的黄河，就像一匹脱缰的野马，遇山越山，逢岭越岭，劈山越谷，汹涌澎湃。然而，当它流到黑山峡时，却被迫来了一个急转弯，大自然强大的力量，好像给怒涛汹涌的黄河安装了一个"刹车闸"。到了宁夏中卫城西二十多公里处，又进入了一个长长的峡谷。这个峡谷崖壁陡峭，峰回路转，几乎没多远就是一道弯，原本一路畅通的河水，遇到弯就是遇到了障碍。过一道弯，浪潮就会减弱一些，这样，到了沙坡头就变得温顺了。由此，我想到了做人何尝不是如此。再直的人，遇到一次次挫折的时候，也会改变性情。

黄河的性情在沙坡头改变了，直接影响到了腾格里沙漠。它也一改飞扬跋扈的性情，沙石一往无前飞扬的情景在这儿也看不到了，而是平静地像一片金黄的湖水，让你忍不住想亲近它、抚摸它。

在沙坡头黄河两岸，我和同行真正体会到了"天下黄河富宁夏"。在这条长约十多公里的峡谷中，黄河静静地流，两岸绿树成行，又因地势的高低呈现出层层叠叠，仿佛起伏的波浪，倒显得蔚为壮观。如果用千峰竞秀、百谷争幽来形容，一点儿也不过分。在沙坡头横"S"型的怀抱中，有一片类似岛屿的土地，土地上种的庄稼格外青翠，果树上挂满了丰硕的果实。我们去的时候是5月底，正值果树飘香的季节，站在河堤上，微风吹来一阵阵醉人的清香，让人心情舒畅。即使乘坐羊皮筏子在河里漂流时，也能在河水里嗅到水果的香气，仿佛河水也被水果熏得清香了。

宁夏的朋友告诉我们，早在二千多年前，宁夏人就开始驯服黄河、让黄河为民造福的实践。他们凿渠引水，灌溉农田，至今在沙坡头黄河河道的中央还留有当年筑起的一道二千米长的堤坝，以及两架高高大大的水车。这道堤坝是为引水分流而筑的，水车则是从黄河中提水用的。那时的宁夏非常富庶，因而有了"塞上江南"的美誉和"天下黄河富宁夏"之说。到了新中国成立后20世纪50年代，宁夏人又在沙坡头这里创造出了"麦草方格固沙法"的治沙方法，让包兰铁路从沙漠之中穿过，成功地创造了"沙漠走火车"的世界奇迹，被联合国授予环境保护"全球500佳"称号。

听了宁夏朋友的介绍，看着眼前美丽的景象以及包兰铁路上奔驰的列车，我终于明白了"创造奇迹"这个词的深刻含义。同时我也明白了，人们的智慧、勇气、力量是在与自然灾害抗争过程中逐渐增长的。

沙坡头黄河，一个温顺的童话。

黄河水车

壮哉！这是我在宁夏中卫的沙坡头第一眼看到黄河水车时，从心里涌出的声音。

小时候，我曾在运河边上见过水车，后来，在南方出差时也见过水车。但是，那些水车大都立于河边、湖畔，非常小巧，脚踏式的。我见到过最大的水车是在荷兰，那水车的确是高高大大，然而，与黄河边上的水车相比，则是不能等同了。荷兰的水车伫立于田野上的小河边，与一片片绿色的田野组成了一首浪漫的田原诗，而黄河边上的水车则是挺立于黄河边，仿佛从黄河中耸起的巨人，更显得雄伟壮观，气势磅礴。

人类的历史，从某种意义上说，是不断发明，不断创造的历史，那么，人类所有的生产工具，都可以称为人类智慧的结晶。以黄河为例，羊皮筏子是人们用来在黄河中行走、运载的工具，水车则是人们用来提水灌溉农田的工具。据《宋史·河渠志五》记载："地高用水车汲引，灌溉甚便。"由此可以断定，我国劳动人民使用水车灌溉的历史相当漫长了。据宁夏的同志介绍，宁夏黄河水车，早在西夏以前就开始使用。我们从水车的结构、造型、实用效果就不难看出，黄河岸边的人们在发明水车时的确是费了一番心思。它是借助水力，推动水车轮子上的叶片，把水从河里提起来，然后再倒到水渠里，通过水渠对农田进行灌溉。你可以想象得到那样一幅美丽的景象：飞快旋动的水车，卷起一道道龙飞凤舞般的水流，从半空中直下水槽，然后轻松活泼地流向风光如画的田野……多么美丽的风俗画卷，多么美丽的山水。从这一点上说，水车是一种黄河文化，或者称之为民族文化也丝毫不过分。

位于宁夏沙坡头黄河边上的两架木制水车，是那种大圆形的轮式水车。据说它有八米多高。由于伫立于黄河岸边，依水而蠢，加之背靠双狮山，显得十分壮观。聪明的黄河儿女又在水车边修建了码头，作为黄河漂流的起始点，因而每天吸引着大批中外游客。我们在水车前参观时，就看到不少外国游客一边把水车作为背景拍照，一边用他们国家的语言赞不绝口，神情中也流露出对水车的赞叹。我想，他们赞叹的不单纯是水车的雄伟壮观，还有黄河儿女的聪明才智、文化底蕴，以及中华民族生生不息的创造精神。

过去，水车是黄河沿岸人民引水灌溉的主要工具。很多地方都有水车。从甘肃与宁夏交界处的北长滩村到常乐镇水车村，沿黄河黑山峡顺流而下四十多公里的河段里，曾经有十多座水车遗址、遗迹，形成了一幅山水长卷般的水车画廊。在沙坡头古渡下游五六公里处，有两座充满浓郁塞上风情的清代水车遗址。一直到20世纪80年代，那十二架古老的水车还蠢立在黄河岸边，当地的农民还用水车灌溉农田。直到20世纪90年代，随着电灌的使用，水车才结束了自己在黄河水利上的使命，逐渐退出了历史舞台。但让人遗憾的是，一个被称之为"水车村"的地方曾有六架古老的水车，却被当地农民无情地拆除。那些曾经承载过黄河岸边老一代人梦想和追求，给黄河儿女带来过幸福和希望的水车的木材，被作为他用，有的甚至被当作了烧火材料……听到这里，我感到一阵心痛。

然而，再仔细一想，也大可不必悲伤。作为黄河文化的一个组成部分，水车并不一定以其数量来衡量。沙坡头黄河边上的那两架古老的水车，完全可以代表黄河水车的形象。

雄性的花棒

　　小时候吃过花棒，也称爆米花。在我们做孩子的上个世纪五六十年代，吃花棒无疑是一种奢侈。也许正因为如此，花棒一直是我记忆中的一种美好的形象。

　　这些年，花棒舞、花棒操、花棒秧歌等冠以花棒名字的各种体育项目多了起来，我才了解，花棒舞原来是传统的文化项目，历史相当悠久了。而这些项目，无不与人的生活有关。因为，不管是健身需要，还是娱乐追求，毕竟都是为了提高生活和生命质量。我曾看过一则报道，武汉等城市举办过花棒操大赛，报名参加者如云，观看比赛者如潮。可见，它在民间的影响深远。

　　到了宁夏的腾格里沙漠，认识了沙漠中一种叫作花棒的花，我深深地感悟到，生命不仅仅因存在而宝贵，比存在更宝贵的是境界。

　　你也许会想象，那长在死亡之谷沙漠里的植物，一定高大雄伟，昂首挺拔，不然怎么能在沙漠里生长呢？其实，沙漠里的花棒娇小玲珑，叶片细小，花朵也不硕大丰满。我第一眼看见它时，甚至怀疑是人们摆在沙漠里的花坛。沙漠是举世公认的人类公害之一。一提起沙漠，眼前浮现的就是黄沙飞扬、天昏地暗，猖狂地吞没良田庄稼，无情地掩埋城镇村庄……关于沙漠化的报道更是让人触目惊心。在这样恶劣而又悲惨的环境里，怎么能开出鲜艳夺目的花朵呢？但是，当我走近它，轻轻地抚摸着它新鲜而又益然的枝条，一种生命的蓬勃朝气直扑心肺，我这才相信它的确是生长在沙漠里。

　　花棒又名细枝岩黄芪、花子柴、花帽和牛尾梢等，为蝶形花科岩黄芪属落叶大灌木。在生态学上说，花棒为沙生、耐旱、喜光树种，适于流沙环境，喜沙埋，抗风蚀，耐严寒酷热，枝叶茂盛，萌蘖力强，防风固沙作用大。花棒根系非常发达，而且扎得较深，根基坚固。它的生命力顽强，既不怕狂风暴雨，飞沙走石，也不惧烈日暴晒，天寒地冻，即使折断了枝条，还能复活，新梢能穿透沙层，吐露新芽，而且越压越旺，一般沙埋梢头达二十厘米时，仍能萌发新枝，穿透沙层，迅速生长。花棒还具有良好的改土效果。花棒的花期较长，在当年新枝上形成花芽，盛花期为七至八个月，树龄则可达七十年以上。

　　宁夏朋友告诉我："我们对花棒怀着一种深深的敬意。在宁夏，尤其是在沙漠地区，人们称花棒为'沙漠娇娘'。银川、中卫等地，每年都要举办花棒情人节。国内外前来参加花棒节的青年每年都以四五位数增加。"

　　不过，我对"沙漠娇娘"这个称谓并不赞成。我觉得，花棒只是从它粉红色的颜色看，像是位娇娘，但是，从它的性情、它的气质看，却更像男子汉，就是形象也颇具阳刚之气、浩然正气。如果称其为"沙漠英雄"可能更贴切。当然，这只是我的一家之言罢了。

　　关于沙漠花棒的诗有很多，我比较喜欢一位年轻的蒙古族女诗人的诗。她在诗中写道："说到大漠　说到孤烟 / 说到长河与落日 / 我就来到了这里 / 站在腾格里沙漠的最南端 / 我已找不到语言　在这里 / 只想坐下去 / 任时间流转 / 静静地坐成一株花棒　不求卓越 / 只求风姿　在茫茫的戈壁滩 / 坐成一株花棒　摇曳着满枝头的小铃铛 / 我的爱　你来么 / 有一天　仿佛做了一个梦 / 我以轻风的手 / 指给你看 / 远去的驼队　古丝绸之路　看落日 / 看余晖　听风是怎样吹 / 潜藏积聚的水饮你　以一株植物的身份 / 而我，决不叫出你的名字。"诗中那句"静静地坐成一株花棒……"我理解，这位年轻的女诗人表达的是一种境界，是一种精神。这就是花棒的精神。

彭阳梯田

  有人说彭阳梯田像一首田园诗，一幅水彩画，不仅丝毫不过分，在我看来还远远不够。

  五月的彭阳，是梯田最美丽最壮观的季节。因为这个时候，梯田里显示着生命的绿色，昭示着成熟的黄色正蓬勃、旺盛、充满活力地成长。你既可以看到大片大片的梯田，从山下到山上，层峦叠嶂，绿波起伏，大气磅礴；也可以看到小流域里小块小块的梯田，星罗棋布，争奇斗艳，引人注目。雁荡山的"移步换景"美不胜收，移步看彭阳梯田，也是万千景象。抬头仰望，层层梯田如"飞流直下三千尺"；而鸟瞰时，又会让你生出"疑是银河落九天"之感慨。因此，不少到过彭阳的人都情不自禁地称彭阳梯田美得像一首诗，一幅画。但是，你要仔细读一读彭阳的梯田，就会发现远非一首诗或者一幅画能概括它宽阔、深邃的内涵。

  彭阳的梯田充满阳刚之气，就像一栋结构合理、造型别致的立体感很强的绿色建筑，经过了精心构思和设计。自古以来，我们总是把建在土地上的房屋称之为建筑，而且倾注了大量的心血，更不用说资金投入了，其实，同样在土地上的农田，以及农田里成长的庄稼也是一种建筑。多少年来，我们在农业上的重大失误之一就是缺少规划，或者说规划缺少连续性，要么听天由命，要么随心所欲。某地农民把土地分了，第一年种什么，第二年种什么，怎么才能让土地肥起来？是没有人去考虑的。其实，土地最需要设计和规划，或者说需要思想家。你播下什么样的种子，就会开什么花、结什么果。袁隆平先生是个科学家，但首先是个思想家。袁先生的种子技术在中国广袤的土地上开花结果，也可以说是他的思想开花结果。彭阳县内荒山多、小流域多，怎么治理？当然要用思想。他们将小流域作为水土治理单元和经济开发单元，实行山、水、田、林、路统一规划，沟、坡、梁、峁、塬综合治理，改土工程、治水工程、林草工程和道路工程四项工程同时推进，通过工程、生物和技术措施齐上，农、林、草镶嵌配套，构建了"山顶林草戴帽子，山腰梯田系带子，沟头库坝穿靴子"的立体治理模式。这种科学的综合治理方式，说到底是科学思想、科学智慧的结晶。

彭阳的梯田青春焕发，就像一个被人宠爱着的少女，长得既丰满又亮丽，而且充满活力。事实上，这是因为彭阳人对梯田投入了太多的感情。记得有一句老话说："庄稼活不用学，人家咋着咱咋着。"其实这话早已过时了，因为现在的庄稼活不同于传统的庄稼活了。人对土地的感情有多深，土地对人的回报也就有多大。彭阳人对修梯田情有独钟。他们修梯田是为了保水土，说到底是为了生存，而不是为了好看。彭阳建县之初，全县基本农田只有三点八万亩，粮食总产量只有六千万公斤，很多农民连温饱问题还没解决。他们把建设高标准农田，提高土地规模效益，扩大粮食面积结合起来，集中连片治理，用人机结合、机耕锁边的方法建设基本农田，并充分发挥我国基本政治制度的优越性，实行农田基本建设全民齐上阵，社会同参与，从1992年起，基本农田每年以五万亩的速度增加，集中连片的百亩点、五十亩点呈规模上升，农业机械化水平、抗旱、抗涝、抗灾能力大大提高，粮食增产能力比过去提高了几倍。有一个统计数字显示，彭阳人这些年修梯田、治理水土挖的地，可以绕地球几个圈。每年春季，彭阳有几十万人在漫山遍野修梯田。几十万，那该是多么壮观的景象啊！至于长年生活在山上，对梯田的感情生死不悔的感人的人物，在彭阳数不胜数。

我觉得，彭阳人开始是把修梯田当作生存手段或者说方式，但是，随着历史的推移，随着一座座本来光秃秃的沟壑、山梁由黄变绿，随着人们生活水平的不断改善，他们对梯田的感情越来越深，对怎样与大自然和谐相处的理解也越来越深。尽管他们提不出人与自然和谐相处这样伟大的口号，但却用几十年坚忍不拔的奋斗，几代人坚不可摧的勇气，把人与自然和谐相处的思想种进了黄土地里，并且生了根。因而，彭阳梯田留给人的不仅仅是一种诗画的美感，一种瞬间的激动，还是与政治经济学、哲学、社会学、植物学等均有关系的、非常深远的思考。再过几十年、几百年，彭阳的后代看到梯田，一定会比今天的彭阳人看秦代古长城还要感情深重。因为彭阳梯田不仅是一道风景，还是一方人生命的基石，一个时代的文化映像。

我的儿子喜欢哲学，现是北京一所大学哲学系的硕士研究生。我建议他去彭阳看一看。我告诉他，在彭阳，你可能认识中国农民哲学。儿子去了一次彭阳，回来后告诉我的确感触深刻。他说：泥土里生长起来的哲学，对人类的贡献是不能估量的……

窑洞里的女人

实事求是地说，我和几位北京来的同学，是在彭阳第一次见到真正的窑洞。过去，我们只是在反映革命战争时期延安的一些电影电视里看到过窑洞。那些窑洞虽然也是黄土坡上挖出的洞，但因为住的是些领导人，非常宽敞。然而，看了彭阳的几户窑洞，我的心灵才真正受到了震撼。

在一道黄土高坡的陡坡下，排列着十几座窑洞。有几家的窑洞外是一个大院，院里种着树，还有的人家养着花草，圈着牛羊。有一家的院子里放着一辆农用四轮车。这样的人家，在当地算是富裕一些的。彭阳县的领导很务实，也很诚实。他们没有单单向我们这些北京来的人展示富裕家庭，也带我们访问了贫困家庭。其中，有一户窑洞人家共有两孔窑洞，一孔坐北朝南，一孔坐东朝西，两孔窑洞相挨在一起，门前是一个小院落。

窑洞是中国北方最常见的居住形式。据公布的考古发现和专家论证，这一人类最早的地下居住形式，就是始于宁夏的海原。我们对那些考古学者不能不油然而生敬意。他们一年四季甚至夜以继日，同那些陈旧、腐朽、带着潮湿、霉气的墓园、墓穴打交道，不断为我们揭开一个个历史秘密，展示中华民族的灿烂文明。宁夏窑洞的发现，将人类居住窑洞的历史至少推进到四千五百多年前，让我们了解先人们的居住学。据《诗经·大雅·绵》中记载："古公亶父，陶复陶穴，未有家室。"亶父，周文王的祖父。陶，借为掏；复，借为覆。从旁掏的洞叫覆，即窑洞或山洞；向下掏的洞叫穴。由此可见，窑洞的历史相当悠久。

我们到的这户人家的窑洞，应该是小窑洞。窑洞里用来接受阳光照射和吹风透气的窗口也比较小，上边又被自家用面打成的糨糊粘贴上一层发黄的报纸。因此，人进到屋子里，几乎看不清任何东西。过了一会儿，眼睛适应了，这才能看清，屋子里放着一张双人床，床头上放着用来盛粮食的坛坛罐罐以及放杂物的纸箱。就在这个面积只有十几平方的地方，竟然还堆着做饭的锅台，由于油烟飘散的方向不同，顶上和四壁被油烟熏得一道黑一道黄，看上去像是一幅千奇百怪的壁画。我一时愣住了。如果窑洞里做饭，烧柴火生发的烟怎么排出呢？我又四下看了看，几乎看不到什么值钱的东西。这时，我心里不禁有些后悔，与其让我们看到的是一贫如洗，不如什么也看不见，只在心里猜想，那样也不至于心里酸楚。

窑洞的女主人大约三十开外，个子不高但很结实，脸膛黑里透红，一看就是经常下地，在太阳下晒、在风雨中吹打的那种纯粹的庄稼人。她脸上的皱纹和黑黑的皮肤，记载了她与大自然、与贫穷抗争的痕迹。她不善言谈，问一句答一句，不会主动张口。我们问了她的家庭收入情况，地里种什么庄稼、收成如何。她回答得都很平静。你根本无法从她的表情上和言语中看出她对贫穷生活的理解和感受。直到问到她的子女时，她的脸上突然放出一层光，两眼也亮了起来。她带着我们到了坐东朝西的那间窑洞。一进窑洞，我就看见了贴在墙上的一张张奖状。奖状是中国特色的一个品种。每年学期末，学校都要考试，都要评比，然后给那些考试成绩好、平时表现好的孩子颁发奖状。别看这只是一张印上了花纹花边的纸，分量却很重。那些领到奖状的学生拿着奖状回到家里时，父母都会十分高兴。我想起有一则电视公益广告，里边就是一个女孩子领了奖状回到家，高高兴兴地打开门，想让爸爸妈妈与自己分享喜悦，而爸爸妈妈都不在家。女孩一脸天真烂漫的喜悦变成了失望。那个女孩子等啊等啊，等到很晚，一听到门外有响动，就拿起奖状，喊叫着爸爸妈妈迎上前去，然而，希望一次次落空了。睡觉的时候，她还把奖状放在胸前……这则公益广告结束时有句话，意在提醒做了父母的人应该多关心孩子，多陪陪孩子。由此可见，奖状对于一个小学生来说多么珍贵。在这间窑洞的墙壁上，整整贴了半墙的奖状，从一年级到三年级，几乎年年都有，是这个窑洞孩子成长的经历见证。窑洞一张小小的桌子上，放着的一瓶廉价的雪花膏和一面方形的镜子、一把普通的木梳，还有只有男孩子玩的玩具冲锋枪。可以看出，这个窑洞既有男孩子也有女孩子。然而，那一张张奖状又告诉我们，奖状大都是女孩子的，写着男孩子名字的唯一一张奖状是一个什么体育项目。我的一位同行不禁感慨地说了一句："看起来，女孩子比男孩子学习成绩好。"

那个女人听了这话，眼睛一暗，眉宇间瞬间添了几道愁绪。她心里的酸楚和苦涩也淋漓尽致地展现到我们面前。这一细小的变化，足以说明她同这块土地上的很多女人一样，对男孩子比较看重或者说疼爱。当然，这也不能怪罪她。也许，她小的时候，也和我们所有人小时候一样，有着远大的理想。然而，父母的一句话，就改变了她的向往和追求。她与许多同龄女人一样，在唢呐和鞭炮声中，在父老乡亲怜惜的目光中，青春、向往都被迎亲的一头驴驮走了……也从此，儿子便成了她和许多一样做了母亲的女人的精神寄托，甚至是唯一的寄托。可以肯定的是，女儿和她一样，从小就要承担家务的劳累。每天晨曦微露，女儿就要和她一起做饭。通常是她和面，女儿用柴火烧锅。也许，她还不时吆喝或训斥女儿几句。在她看来，这是做女人的本分和天职，神圣的天职啊！

在一条条崎岖不平的黄土路上，我们也的确看到过一个个背着柴草或担着水桶的女孩。她们年龄大都在十岁出头，小学二三年级。她们在放学之后，节假日里，或放羊，或锄草，或拾柴，过早地承担起生活的艰辛。她们从那些羊肠小道，从一道沟翻过一道梁的脚步虽然沉重而艰难，然而，她们脸上的表情却十分平静，有的还冲着路边的野花微笑，有的边走边唱着流行歌曲，这样的情景让人心动。

这些年幼的女孩子们，根本就想象不到以后的命运，心中最深刻、最沉重的只有"责任"二字。

那个女人一边回答着我们的问话，一边小心地把女儿床上散落的几根头发捡起来，看了一眼，在手里搓几下，放在了一个做针线活的筐子里。她的那一细小的动作，永远地铭刻在我的记忆深处。那是一个母亲的情愫。

我们从窑洞女人嘴里得知，她的男人在银川打工，半年也难回来一次。

"家里的地也是你一个人种吗？"我问。

那个女人认真地点了点头。我清楚地看见，她的眼睛在那一刻湿润了。她是在想念丈夫吗，抑或是在为自己的命运难过？我不得而知。但是，我的心在那一刻，真真正正地对她充满了敬意。我相信我的同学们也与我有同样的感受和心情。所以，出了窑洞，我们与那个窑洞女主人合影时，大伙不约而同地，而且是恭恭敬敬地让她站在了中间。我们敬重的不单是这样一个普通的窑洞女主人，更敬重我们伟大民族的传统和精神。

　　尽管我没有记住窑洞里那个女人的名字，但是，我却记住了两个与人生、与命运相关的字：坚强！

黄河岸边的农家

　　我们的车子停在黄河边上。眼前是一片茂盛的果园。从飘荡着香气的果园里的小路走进去，才发现果树掩映着一座农家。

　　这些年，很多城市的周围都兴起了农家乐，吸引着久居城市的人们，成为一道新的风景，一个新的旅游景区和旅游项目。据说，北京郊外有几家农家乐，订餐都要提前两三天，到了周末，更是客满。我曾经想过，中国农民中不乏有思想或者说理想的人。关键在于你要给他一个舞台。20世纪70年代末，安徽凤阳县小岗村的十几个农民，冒着风险，签订了包产到户的协议书。那是一群有思想的人吧？如果后来不肯定他们，他们怎么也想象不到，正是他们拉开了轰轰烈烈的农村改革大戏的帷幕。这些年，各地兴起的农家乐、农村旅游，也是中国农民的一大创造。著名演员赵本山主演的《刘老根》，让农家乐又掀起了一个高潮。

　　不过，实事求是地说，有些城市周边刻意制造的农家乐，因为带有浓重的商业气息和以赢利为目的，在装饰上硬加进了城市大酒店的内容，在饭菜上增加了鲍鱼之类高档的东西，倒失去了农家的本色。我的一位朋友就很坚决地说过："我从来不去看复制的历史、复制的农家乐。"我认为他的观点有失偏颇。其实，如若复制得符合所在的环境，也并非不是好事。记得我曾陪同一位领导去辽宁丹东一个农家乐参观，他看见院子里摆放着一盘20世纪农家磨面用的石磨，脸上露出了惊喜的笑容。他十分亲切地拍了拍石磨，然后竟兴致勃勃地推了几圈。由此可见，原生态的农家乐，即使复制的农家用具，也能真正让人乐起来。

这座位于黄河边上的农家乐，是一个原生态的地方。屋前屋后的几十株高耸的白杨，把房子遮掩得严严实实，阳光想寻找间隙落到地上，费了很大力气，也只落下斑驳陆离的星星点点。主人告诉我们，除了狂风暴雨，否则，一般下雨时，树下院子里地皮都不湿。通常，天上下雨，他们在树下吃饭。由于地处高处，坐在院子里就可以看见对面起伏的贺兰山。可以想象，到了晚上，看着对面那道宛若长城的山峰，心里该是多么踏实啊！在我看来，那个时候的贺兰山，会带给人们很多深远的想象。你可以把它想象为一位深不可测的思想家，也可以把它想象为一位饱经沧桑的老者……总之，你可以展开想象的翅膀，让自己的思维尽情地飞翔。

果园里有几座小房子，门前都摆着篮子。主人告诉我们，这是给来旅游的客人准备的住处，篮子则是给客人用来采摘果子的。吸引我注意的是铁环、皮球和沙包等一堆儿童玩具。几十年过去了，看到这些儿时玩过的玩具，心里热乎乎的，竟然情不自禁地上前拿起几只沙包玩了一会儿。在这里你心情的确会很舒畅，很轻松，才会发现自己其实还是爱玩。

走到果园深处，我看见一对老夫妇正在全神贯注地摆弄着盆景。老太太拿着毛巾给老爷子擦汗，老爷子冲她深情地一笑，相敬相爱的情景让人感动。有人感叹都市里已没有了真正的爱情，也许，只有在这片土地上，爱情才会真正地老天荒。

走在山路上的孩子们

　　那是一条山村里常见的平平常常的山路。从山下到山腰，再到山后，弯弯曲曲，犹如系在山上的一条飘带。

　　在那条山路上，走着几个背着书包的孩子。从他们脸上的表情，看得出与他们年龄不太相符的沉重。但是，从他们的脚步，又看得出与他们表情不太吻合的轻松。也许，孩子总归是孩子。不管经历痛苦也好，快乐也好，都像过眼烟云，来得快，去得也快。

　　这几年，由于山里不少学校并校，有些孩子上学要到几里路甚至十几里路之外。因此，翻山越岭成了这些孩子们每天的必修课之一。通常，他们天没亮就要起身上路，在晨雾蒙蒙的山里，他们的身影成了一道风景。通常，当他们翻过一座山头，回首张望时，家乡的村子里的炊烟才刚刚升起。

　　他们就这样日复一日地在山路上走着。不知不觉间山路两边发生了变化，梯田绿了，果树长高了长大了，有的开始结果了。于是，他们的脸上露出了热情洋溢的笑容。

　　宁夏的朋友给我们讲了一个山里孩子的故事。那孩子家境贫寒。一家人住在几间窑洞里。他学习非常刻苦。为了能完成学业，他每一个礼拜天都要上山，为的是换回自己的学费。我的宁夏的朋友第一次见到他时是夏天，他穿着一条短裤衩子在屋子里学习，浑身大汗淋漓。同样是从贫穷的西海固走出的那位宁夏的朋友心灵受到了震撼。他从那个孩子身上看到了当年的自己，看到了山里的希望。他说："这些 90 后的孩子们，与自己的父辈有着截然不同的价值取向、人生目标，但是，他们深深懂得，只有考上大学，才是走出山里的最直接、最便捷的途径……"

他的话让我们深有同感，也让我们深有感触。我们一行的同学，不管是来自中央国家机关，还是来自地方政府部门，哪一个不是从这条路上走过来的，哪一个没饱尝过人生的艰辛？

这时，我看见一个穿着粉红色短衫的女孩，边走边四下张望，几次停下来，踮着脚，小心翼翼地走进路边的树丛中，因为距离太远，看不清她在做什么，因而引起了我们一行人的猜测。有的说她在捉落在树丛上的蝴蝶；有的说她在与小伙伴做一种儿童游戏。宁夏的朋友感叹地说，她是在采摘山上的野果如山枣等。"这小姑娘家里肯定有小弟弟或小妹妹！她回到家还要哄他们……"他的话落音后，一车人顿时陷入了沉默。山风穿过拉开的车窗吹进车里，轻拂着每个人的脸，让人感到山风也突然变得沉重了。

这些年，农村青壮年外出务工的人越来越多。在很多地方的农村，外出务工收入已占农民年人均收入的"半壁江山"。由于户籍制度限制、务工收入不高，他们的孩子只有留在家中。据有关部门统计，全国农村留守儿童已达四千多万，而有的专家学者称，还远远不止这个数字。"留守儿童"们的父母远在几百里甚至几千里之外的城市打工，他们既要承受思念父母的痛苦，又要代替父母尽孝，过早地承担起家务的一部分。因为，和他们生活在一起的爷爷奶奶大都年事已高。我想，这几个走在山路上的孩子中，一定有留守儿童。

我突然感到，那条山坡上的黄土路是那么飘渺。那些孩子们沿着它，真的能走进希望吗？想到这里，我的心又沉重起来……

六盘山上高峰

　　我们乘坐的汽车刚刚驶进六盘山口，同行的朋友不约而同地把目光投向窗外。这座在我心中屹立了多年，带有神圣、神秘色彩的山，此时正云雾缭绕、烟霞升腾，远近的峰顶在苍茫的云海之中，显得巍峨高大，顶天立地，给人一种气势磅礴、志存高远之感。

　　六盘山又名陇山，古称高山，位于宁夏、甘肃、陕西三省区交界地带。据《山海经》记载："其上多银，其下多青碧、雄黄，其木多棕，其草多竹。泾水出焉，而东流注入渭，其中，多磐石、青碧。"意思就是说，六盘山中盛产白银，山下一带的土地上盛产碧玉和雄黄，山上生长着茂密的树林，其中以棕树最多，还生长着很多竹丛。泾河发源于这座山，向东流去，注入渭河，泾河之中盛产磐石和碧玉……同中国许多名山一样，六盘山也因其扼三省的战略地位，与中国历史一些重要人物产生了联系。据史书记载，秦始皇嬴政曾经在这里修建行宫、拜祭山岳，而后翻越陇山，又登上崆峒山后，才返回北地；汉武帝则曾经"翻越陇山，北出萧关"，七到固原，途中六临六盘山，在此观览和眺望过苍茫悲壮的固原河山；一代天骄成吉思汗征服西夏时曾被这青山秀水所吸引，在这里休养生息、整肃军队，后又病殒于此，结束了他征战半生的戎马生涯，在他屯兵、避暑的凉殿峡至今仍有不少遗迹。成吉思汗的孙子——元世祖忽必烈，也曾屯兵六盘山，在此修筑行宫。民族英雄林则徐被发配新疆时，历经坎坷地跋涉过六盘山，在此留下了悲愤的诗篇……然而，六盘山过去并没能跻身名山行列，说到底是传播问题，再说具体点是文人墨客来得少，易于传播的诗词歌赋欠缺。真正让六盘山沾上神圣色彩并且名扬四海的是在 20 世纪 30 年代。

1935 年 10 月 7 日是一个秋高气爽的日子。经过二万五千里长征的中国工农红军，在毛泽东、周恩来等领导下，登上了六盘山。毛泽东站在山顶上极目远眺，但见千峰竞秀，百谷争幽，一面面经过炮火硝烟洗礼的红旗，在西风中猎猎飘扬……毛泽东遥想红军走过的艰难历程，展望中国革命的未来前景，一股英雄豪情油然而生，临风寄怀，当场构思吟诵了《长征谣》："天高云淡，望断南飞雁，不到长城非好汉，同志们呀，屈指行程已二万，同志们呀，屈指行程已二万。六盘山上高峰，赤旗漫卷西风，今日得着长缨，同志们呀，何时缚住苍龙。"词中一句句"同志们呀"，好似用他指挥千军万马、无往不胜的大手，轻轻拍着同志们的肩头，动情地勉励着一同经历了千辛万苦的战友们前仆后继。这首自由诗后来经毛泽东八次修改，被改写为著名的词作《清平乐·六盘山》，于 1957 年在《诗刊》创刊号上首次发表，六盘山从此广闻于天下，并成为红色圣地。

枪林弹雨的岁月已经渐渐远去，鼓角争鸣的硝烟也早已消散，毛泽东的"不到长城非好汉"，依然激励着一代又一代革命者激扬高昂地投入社会主义建设。据说，世界上很多国家的政要都熟悉这句诗，很多大学教授更是常常向弟子们讲授。在北京八达岭长城等景区，就可以见到一些穿着印有"不到长城非好汉"醒目大字的衣服的来自世界各地的游客。

在上山的一路上，"之"字形曲曲折折的盘山公路十分拥挤，上山下山的汽车不断从我们旁边驶过，看样子来这个"红色圣地"的游客并不少。一到山顶，我们一下子就被眼前的景色震撼住了。在红军长征纪念馆、纪念亭、六盘山红军长征纪念碑、青铜雕塑等组成的建筑群前，我发现所有的人，不管是老人还是孩子，不管是中国人还是外国人，都屏气凝神，严肃认真。一些参观者还不时停下来，与橱窗里红军的遗物合影留念。一位五十开外的外籍女士，一边不住拍照，一边不停地记录。她脸上的表情也在不停地变化，一会儿露出惊奇、惊喜，一会儿露出激动、感动。我不知她的职业，但有一点可以断定，长征精神深深地打动了她。她一定会从六盘山之行，进一步加深对中华民族、对中国共产党人、对改革开放的中国的了解。

我们在位于山顶的"长征纪念亭"前驻足很久，望着镌刻在大青石碑上的毛泽东《清平乐·六盘山》词手迹长卷，心潮久久难以平静。这一个个气势磅礴的大字，透露着红军的英雄气概，透露着一代伟人的思想境界，也透露着中国革命史的沧桑。环顾四周，只见群山连绵、层峦叠嶂，白云缠绕其间，绿树覆植其上，一派雄伟、壮观景象，心中更增几分豪情。

下山的路上，我们遇到几个中学生模样的少男少女。他们是沿着弯弯曲曲的盘山路步行上山的。宁夏的朋友告诉我们，每年高考之前，宁夏、甘肃、陕西，甚至更远省区都有一批批考生前来六盘山。有一个宁夏回族考生，第一年高考没有考上，第二年高考前专程来了一趟六盘山，在毛泽东手书的《清平乐·六盘山》碑刻和毛泽东的青铜像前献上了一束鲜花……那一年，他如愿以偿地考上了北京一所大学。

听了宁夏朋友的话，我们一行人都沉默了。其实，我们没有必要去责备那些少年学子"迷信"、盲目崇拜，他们寻找的是一种精神力量。

回望六盘山，我的感受是一个"气"字，即志气、勇气、生气。人在生活中都会遇到挫折和失败，但是，只要志气不倒，就能够战胜挫折和失败。生活中困难无处不在，但是，人必须有勇气，才能渡过一个个难关。至于生气，那是一个国家、一个民族、一个组织乃至一个人必须具备的。没有生气勃勃的局面，可能会一事无成。

人，难道不需要精神力量吗？难道不需要"不到长城非好汉"的英勇气概？

野荷花

　　世界上有各种各样的花儿。她们用其形形色色的笑容，把世界装扮得万紫千红，五彩缤纷，朝气蓬勃。千百年来，咏叹、赞颂、歌唱花儿的诗词歌赋层出不穷，大多唱其美丽、鲜艳、妩媚、灿烂……在宁夏六盘山景区，我第一次见到充满阳刚之气的花儿——野荷花。

　　六盘山有一条峡谷，人称野荷谷。在野荷谷里，凡是水流之处都长满了野荷花。水流弯曲，野荷花也呈波浪形态并立，如同现在时兴的美少女组合，让人赏心悦目。据介绍，在六盘山景区，有水必有荷，有荷必依水而生。看来，野荷花与水结下了不解之缘。中国有句俗话说："仁者爱山，智者爱水。"野荷花之所以与水结缘，我想也是经过选择的吧。水，不仅是花的生命之源，而且能把花养得更加鲜艳夺目，更加招人喜爱。宁夏的朋友告诉我，野荷谷的野荷花四季皆美。春天的野荷花，嫩绿鲜活，春色撩人；夏天的野荷花，枝繁叶茂，苍翠欲滴；秋天的野荷花，金黄一片，灿烂夺目；冬天的野荷花，银装素裹，分外妖娆。

　　我是五月末的一天到的野荷谷。野荷花还没有开，硕大的荷叶在蒙蒙细雨中摇曳。走近了仔细观察，野荷与普通的荷叶细节之处却大不相同。普通荷花的叶片、茎秆都很光滑，而野荷的叶片与茎秆却布满毛茸茸的细毛，质地也粗糙了很多，还带着各种纹理，加上从水中挺拔而立，更显得野性十足、桀骜不驯。

　　原来，野荷谷的野荷花并不是真正的荷花，只是长得与荷花很相似的一种菊科植物，名字叫作大黄橐吾，也叫作褐毛橐吾。这种草本植物茎秆挺拔直立，一排排，一行行，一副森严壁垒的样子。因为这种植物一般是七八月开花，九十月份结果，大多分布在海拔一千多米的山谷、溪沟之中，所以生性带有几分粗犷，给人一种阳刚之美。它不仅是一种特色鲜明的野生植物，而且可以入药。它性凉味苦，可散风热，具有活血散瘀、止痛的功效，加工后可用于治疗感冒、头晕、头痛、咳嗽、跌打损伤、痨伤咯血、月经不调等症。

在野荷谷，除了遍布谷底河边的野荷花之外，处处都有优美的景观，而且随着风的吹动、云的流动、树的摇动而变化无穷，多彩多姿，说其"十步之内，必有佳景"，或者说"移步换景"也丝毫不过分。向上望去，看到的是峭壁险峰，形状千奇百怪，有的似人面，有的如怪兽，也有的像浓墨重彩的油画……向山谷中望去，苍翠的林海茫茫一片，望不见尽头。一棵棵千年古树，从林海中挺身而出，耸入云端，天空中又增添了一朵朵绿色的云。往林中走几步，可以看到川流不息的香水河，还有忤逆洞、香水小桥、荷沁岩、香水独山、香水垴等景观。沿着潺潺的香水河上山，不管是遇到悬崖峭壁，还是林深丛密，只要看一眼野荷挺拔的身影，你就会浑身是劲，脚步坚定。

一种花儿，能让人感受到力量，不也是独具一格吗？

情人谷

　　毫不夸张地说，野荷谷是我见过的最美的山谷。因而，两年之后想起它，心里还会流出惊喜。

　　野荷谷位于宁夏泾源县城西，距泾源县城只有八公里，是泾河的源头之一。在宁夏泾源一带，人们亲切地称它香水峡、荷花苑。近些年，一些媒体还把它喻为"中国西部的情人谷"。

　　我们去野荷谷的那天，刚好赶上阴雨连绵的天气，虽然天气有些冷，但是雨中欣赏野荷谷别有一番风味。进入这条隐藏在幽幽六盘山中的小峡谷，清新湿润而又略带凉意的香风就扑面而来，让人不由自主地生出情趣。沿着南北走向的峡谷向里走，人的脚步也会情不自禁地放慢。脚下绿油油的青草地，连绵不断地延伸向山坡，细茸茸的叶子尖上还带着滴滴雨露，嫩绿的样子让人不忍心踏上去。抬头望去，两侧山峰连绵，高耸陡峭。峡谷中到处郁郁葱葱的绿树，随着阵阵风儿起伏，如同万顷碧波，不时还有阵阵林海的呼啸，好像惊涛拍岸。万绿丛中一点点红的花蕊，红得艳丽、红得醉人，就像一行行蓬勃的诗，让人浮想联翩。

　　沿着山路越走越深，让人着迷的景色也越来越多。徘徊在天上的浓云，好像也迷恋峡谷中的香风，顺着峻峭的山崖溜达了下来，缠绕在山腰之上，仿佛触手可及。随着绵绵的细雨，山峰间一片片如纱似绫的薄云不断地变幻流转，一会儿扯成一丝丝，缠绵流连于山间，一会儿又聚成一团团，犹抱青松半遮面。也许是神来之笔的恩赐，不多远就会出现一片开阔的草地。

有一片草地上，分布着几个充满民族特色的蒙古包，每一个蒙古包都有一个名字，什么窝阔台、拖雷等等，听着十分耳熟，一打听方知是以成吉思汗的几个儿子命名的。离蒙古包不远处，还有一个射箭场模样的地方，破碎的战车、高高的蒿草、半掩于土中的石锁……一副古战场遗址的苍凉感。宁夏的朋友告诉我们，我们脚下沿着河床弯曲前进的道路，是秦始皇当年出巡的鸡头道，而蒙古包、射箭场，也的确是当年成吉思汗曾驻兵的地方。我不明白，就这样满峡谷的绿色、满峡谷的清香，怎么没能让成吉思汗停下战争的脚步？

一条细如羊肠的小径在前方若隐若现，就像一只无形而又神秘的手，把人们拉进幽深。在野荷谷里走得越深，诗意越浓。这时，可以隐隐听到一种奇妙的响声，像是更深的林中下雨了，是雨打树叶发出的回音，又仿佛有人在林中用琵琶弹着古老的音乐。总之，那是一种引人入胜的声音，让人不能不循声而接近它。走近了，潺潺流动的一溪碧水出现在面前。也许是最近阴雨连绵的原因，溪水水量充足，让她显得更加丰满。这就是香水河。她就像一位躲在山谷密林中洗浴的少女，洁白如玉，楚楚动人，洒脱可爱。香水河，一个多么浪漫而秀气的名字，用最简单最通俗的字眼，就赋予了听者以无尽的遐想。我凝望着水底招摇飘动的水草、青苔，不禁大力地嗅了一口河边的空气，草香？泥土香？野荷香？还是甜甜的泉水香？一时竟也无法分辨。河的两岸，遍布着袅袅婷婷的野荷花，叶片如盖，苍翠欲滴。清澈的河水掩映于荷叶之中，景色异彩纷呈。弯下身子，掬一捧河水闻一闻，真的有一种淡淡的香气。

这时，一个个来自天南海北的旅游团也到达了河畔，刚才还寂静无声的野荷谷一下子就热闹了起来。统一的小红帽、摇动的领队旗，不时的惊呼声，为这里带来了热情和活力。但是，开始时那种世外桃源的宁静却烟消云散了。这不能不让人感到有点遗憾。然而，转念一想，情人谷，就应当是大众的情人，那样，她才会早日名扬海外……

贺兰山抒怀

在中国辽阔的国土上，坐落着一座座崇山峻岭，国人耳熟能详且闻名于世的有黄山、泰山、庐山、恒山、华山……不胜枚举。每一座山有每一座山的特色、特点和特别之处。可以说每一座山都是一座中华民族历史文化的"金山"。提起贺兰山，我们眼前就会出现唐代诗人王维"贺兰山下阵如云，羽檄交驰日夕闻"的激烈的战争场面；耳畔就会响起岳飞"驾长车，踏破贺兰山阙。壮志饥餐胡虏肉，笑谈渴饮匈奴血……"的壮烈悲歌。毫无疑问，在很多人心目中，贺兰山是一尊矗立的英雄，是一首不衰的赞歌。

从我第一眼看到贺兰山，就被它磅礴的气势震撼了。它的山脉雄伟峻峭，峰峦起伏，从形状上看，仿佛一匹奔腾的骏马，由东北向西南驰骋于银川平原和阿拉善高原之间。据说，贺兰山得名正因为如此。在蒙古语中"贺兰"正是骏马的意思。它位于宁夏回族自治区和内蒙古自治区阿拉善盟之间，处在浩瀚的沙漠之中，北接乌兰布和沙漠，南连卫宁北山，西傍腾格里沙漠，东临银川平原，俨然是银川平原的一道天然屏障。在贺兰山大小四十五个山峰中，较大的山口有三十八个，平均海拔在二千米以上，其主峰"敖包疙瘩"海拔三千多米，比我国著名的五岳都要高得多。之所以名为"敖包疙瘩"，是因蒙古族人在贺兰山巅用石头堆起了一个"敖包"祭神。"贺兰之山五百里，极目长空高插天"，就是赞美敖包疙瘩的。

然而，贺兰山不同于一些名山大川之处，在于它特殊的地理位置让它经受了千百年刀光剑影的战争磨难，让它的历史苍凉而雄壮，让它冷峻挺拔的身上布满了累累伤痕。匈奴人的号角吹响了一遍又一遍，西夏人的战鼓擂响了一阵又一阵，蒙古人的铁骑好似那朔方的寒风，气势汹汹而来又风卷残云而去……让其深厚的文化内涵与壮丽的景色，都浸泡在血中。即使到了今天，我们这些远道而来的人们，看着贺兰山那略呈黑色的躯体，仍然有一种悲壮之感，不禁一遍遍在心里发问，难道贺兰山自古就是如此苍凉？直到去过西夏王陵和苏峪口国家森林公园，我才相信，贺兰山为中华民族做出了巨大的牺牲。

昔日的贺兰山曾经是郁郁葱葱，水草丰茂，万木常青。贺兰山下的西夏王陵，作为我国现存的最密集的帝王陵区，被世人称为"东方金字塔"。当年西夏王朝建都银川，疆域"东尽黄河，西界玉门，南接萧关，北控大漠，地方万余里，依贺兰为固"。而那时的贺兰山绝壁千仞，松林如海，极目东望，银川平原黄河如带，阡陌纵横，沟渠如网，稻谷飘香，一派"塞上江南"风光。西夏国在山上建了皇家林苑，建有"离宫""避暑宫"等皇家宫殿和皇家寺院。而苏峪口至今仍然林木葱郁、泉水潺潺，景色秀美，风光旖旎……这一切表明，贺兰山曾经是一颗绿宝石。它作为我国一条重要的自然地理分界线，不但是我国河流外流域内流区的分水岭，也是季风气候和非季风气候的分界线。它用自己高大的身躯，横亘在茫茫腾格里沙漠与银川平原之间，阻挡着来自西北的高寒气流，遏制了腾格里沙漠的东移，守护着被称为"塞上江南"的宁夏平原。自古以来，匈奴、突厥、党项、吐蕃、蒙古等古代少数民族先后在这里游牧、狩猎，生生不息……千百年一次次战火掠夺，千百年一次次沙尘暴侵袭，千百年一次次风雨洗礼，加上为了生存的人类一代代的过度放牧、采伐、刀耕，它的森林生态系统遭到严重破坏，水源涵养功能急剧减弱，草木稀疏，一派繁华过后的悲凉景象，就像一位只剩下一身筋骨的老者，仍然铮铮地充当着生态屏障。

宁夏的朋友告诉我，为了拯救贺兰山的原始生态屏障，国务院1988年将贺兰山列为国家级自然保护区，在部分山区封山育林，在西部大开发中，又将贺兰山全面封山禁牧，作为天然林保护工程的重点。生活在这里的各个游牧民族也陆续地走下了贺兰山，开始了新生活，结束了贺兰山千年放牧历史。经过多年努力，在昔日岩石裸露、水土流失严重的海拔1800米以上的封育区，已经长出黄刺梅、蒙古扁桃等灌木和一丛丛青草。整个保护区森林覆盖率平均提高4%，马鹿和岩羊等国家级保护野生动物数量比十年前提高了30%多。一个生机盎然的绿色的贺兰山正在恢复其昔日的面貌。目前，在贺兰山自然保护区的巍巍群山中，共有维管束植物81科318属655种，生长着二点四万公顷天然次生林，孕育着一百多种珍贵中药材及蘑菇等山珍。贺兰山自然保护区还有陆栖脊椎动物17目45科135种，其中兽类6目13科42种，鸟类9目26科81种，爬行动物1目4科8种，两栖动物1目2科4种。珍贵稀有动物共14种，兽类6种，如马鹿、麝等。鸟类8种，如黑鹳、蓝马鸡等。属于国家保护动物有马鹿、麝、斑羚、黑鹳、蓝马鸡、胡兀鹫、鹰等。正是这些种类、形态、习性各不相同的动植物，为地处塞外的贺兰山平添了勃勃的生机。除此之外，贺兰山中矿产资源也种类繁多，驰名中外的太西煤就蕴藏其间。

这时，我眼前的贺兰山变得山势宏伟，风光秀丽，山涧潺潺，林涛阵阵；春季百花芬芳，争奇斗艳；金秋玛瑙般的樱桃、山杏、野葡萄挂满枝头，绽红吐绿，令人心醉。我想，这不是梦幻，而是正在向我们走来的人间美景。

热眠在石头里的梦想

我相信尼采没有到过宁夏银川，所以也没有看过贺兰山岩画。但是，尼采有一句名言："石头里热眠着我的一个理想，我的一切梦想的象征……"却好像针对贺兰山岩画所说。这是我看了贺兰山岩画后的感想。

绵延五百多里的贺兰山，像一只奔驰的骏马穿越宁夏回族自治区。在山东麓的十二条纵横交错的沟壑里，散落着几万幅古代岩画。有人把它誉为"游牧民族的艺术画廊""历史文化宫殿""塞外古代艺术长廊"……无论怎么评价这些岩画都不过分。我认为，贺兰山岩画还是华夏儿女的精神家园。

我们是在春夏之交的一天去的贺兰口。贺兰口是距银川市五十六公里、贺兰山的一个山口。现在也是国家级风景名胜旅游区。那天的阳光很灿烂，在山顶上欢蹦乱跳。一进入贺兰口，但见两旁山势奇异，峰峦险峻，谷深而幽静，一条几经曲折的河流，虽然已经干涸，但从宽阔的河床依稀可见它几百年甚至上千年前的丰满。据说，这里是贺兰山岩画的荟萃之地。山口内外分布着五千多幅岩画，其中人面像岩画就有七百多幅。我们看到的第一幅岩画就是一幅女人面像。围绕这幅人面像的表情，我们同行的几个人各抒己见，还有一番争论。有的说她的目光中含着淡淡的忧郁，是在考虑着庄稼的收成；有的说她目光中透出深重，在思考着子女的教育……就是这一番争论，才引起了我更大的兴趣，因此看得比较认真起来，而且越看越感到引人入胜，越看越发现魅力无穷，越看越觉得心驰神往。

贺兰山岩画历史悠久，是大约三千至一万年前的远古人类的作品。它涉及的题材相当广泛，如人类放牧、狩猎、祭祀、战争、娱舞、交媾等生活场景，以及羊、牛、马、蛇、虎、豹等多种动物图案和抽象符号，大至表现日月宇宙，小至描画动物足蹄。在一幅岩画前，我们对它的图案中表现的内容争论了好大一会儿，最后还是宁夏的朋友告诉我们，那是一只马蹄印。这时，你不能不怦然心动。要知道，在远古时期，在塞上地区，马是人生活中最忠实、最可靠的伙伴。曾经驰骋塞上，并且建立了自己的王朝的西夏国，就是在马背上成长和壮大的。那只雕刻在石头里的马蹄印，是否也包藏着作者狂热的梦想呢？

贺兰山岩画艺术造型粗犷奔放，构图朴实，具有独特的意境和艺术价值。观看那些形形色色、各种各样的人面像，你就会发现，尽管画面简单，造型简洁，走笔粗犷，但仔细品味，其实都具有较强的艺术感染力。尤其是一些表情或夸张或抽象的独特的人面像，更具有穿透力。宁夏的朋友介绍说，经过一些专家学者的研究，认为每幅岩画，都与其作画人的信仰、经历、生活习俗以及作画时的心情有关。比如有的人头上长着犄角，可能就是表现狩猎时的伪装。那些岩画中的女性，或戴着头饰，或绾着发髻，个个风姿秀逸，楚楚动人，生动地再现了古代妇女对美的追求，以及那个时代的人们对女性的审美观点。那些表现动物的，比如欢快奔跑的小鹿，摇头摆尾的小狗，温柔敦厚的山羊，纵横驰骋的骏马，张牙舞爪的老虎、狮子，等等，个个形象逼真，栩栩如生，活脱脱一个动物世界。

但是，看了贺兰山岩画，一个非常明显的感觉是，这些作画的人既非那个年代的专业画家，画作更不是同一个时期或者说一个年代完成的伟大作品。据专家考证，这些岩画前后延续时间可能达二千年之久，大致可分为两个时期：一是先秦至汉时，匈奴游牧部落所作；二是五代至西夏建国之初，党项族游牧民族所作。这就是说，从春秋战国起直到西夏、元、明，从匈奴、鲜卑、羌、柔然、突厥直到党项、吐蕃和蒙古的二千多年（也许要追溯到两万年）里，曾在贺兰山里放牧、狩猎的民族都留下了岩画。这一点，从岩画的镌刻手法上也可以看出来。有些岩画是先凿后磨，线条光滑；有些岩画则是先勾轮廓，再加深线条。这些岩画或用兽角、石器，或用粗糙的金属、损毁的兵器，或刻，或磨，或凿，体现了不同时代与不同民族的特点，以及那个时代的生产力水平。至于岩画的作者，应当多是生活在社会底层的普通劳动者。他们中几乎没有一个人留下名字，就是说没有一个人想过要流传千古。他们更不可能想到，几千年、几百年后，每天会有来自世界各地的人们前来观赏他们的作品，而且把他们的作品称之为最伟大的艺术，甚至说他们的作品"揭示了原始氏族部落自然崇拜、生殖崇拜、图腾崇拜、祖先崇拜的文化内涵""是研究中国人类文化史、宗教史、原始艺术史的文化宝库"。他们中的大多数人，也许只是一时兴起，也许是为了和别人攀比……但是，有一个共同点不可否认，无论刻画什么样的形象，作者都是怀着一颗虔诚的心，倾注着一腔热望，把他们的信仰、人生、习俗、梦想，无拘无束、淋漓尽致地刻在了贺兰石里……

　　其实，有梦想的民族才会有希望；有梦想的人才会活得踏实。

赶毛驴的大嫂

她是赶着毛驴与我们迎面走来的，所以，引起了我和同行的注意。

毛驴可以说是人类最忠实的朋友。它勤苦、勤劳、勤奋，往往出着牛马力，在主人面前却得不到牛马那样的待遇。我印象中，最能表现毛驴的是新疆库尔班大叔，他骑着毛驴，千里迢迢到北京去见毛主席的故事，在20世纪传遍全国，还被编成歌曲传唱。据说，至今在新疆还有他骑着毛驴的雕塑。

赶毛驴是陕甘宁一带的民间艺术，有着上千年历史。每逢重大节日搞庆典活动时，赶毛驴是必然出现的传统节目。那个时候，被选中的毛驴一下子身价百倍，又是披红挂花，又是佩戴红色罩子，在唢呐声中，随着人们欢快的秧歌舞步，也飘飘然起来。

毛泽东主席曾借赶毛驴比喻与蒋介石作战，叫作一推，二赶，三打，既形象生动，又富有哲理。这个经典的战略战术恐怕外国人不容易学习。

我小时候，每逢寒暑假就回皖北萧县老家。那时还是人民公社的集体化制度，毛驴由生产队统一喂养。一个队里大概有几头毛驴，是用来打麦子时拉碌碡、磨面时拉磨用的。这是毛驴的专利。大人告诉我，毛驴戴上眼罩，就只会低着头转圈儿。一头毛驴，拉着几百公斤重的石磨，不停地转啊转啊。老人端着一筐粮食跟在毛驴的身后，不时向磨眼里注入粮食。磨眼里进去时是颗粒，出来时则是细细的面粉。记得老人一边走，还不时地哼着小曲，毛驴好像熟悉了那小曲，走路的节奏与小曲配合得十分和谐。

我记得爷爷生产队里有一头毛驴死的时候，全村人都很伤心。生产队的饲养员蹲在毛驴的尸体前，大颗大颗的眼泪往下掉，就像死了亲人一样。最后，队里几个壮实的劳力把那头毛驴的尸体拉到生产队的一块地里郑重地埋下了。那只毛驴戴了多年的套子，被饲养员挂在门前很久很久。多少年没见毛驴了，所以，乍一见毛驴，我心里真的有几分喜欢。

那头毛驴看上去年龄不大。身上驮着两只硕大的水桶，约有半人高。不用问我们就明白，那个大嫂是赶着毛驴去驮水的。这一带是黄土高原，吃水相当困难，据说要到十几里外驮。家庭富裕一些的人家，有拖拉机、三轮车甚至汽车去运水，家庭困难的也只有用毛驴这样的原始工具去驮水了。这个时候是晌午，算一算时间，大嫂和她赶的毛驴应当是在凌晨出发的。那时，天上还有星星，地上灰雾蒙蒙。大嫂先给毛驴喂上饲料，让它吃着喝着。然后，大嫂开始做早饭。饭做好以后，毛驴已经吃饱喝足。大嫂再看一眼熟睡中的孙子或孙女。可以想象，她的眼神中既充满了无奈，又充满了期待。毛驴早已熟悉了大嫂的生活规律。这个时候，它很老实地站在院子里，等候着出发。当大嫂把水桶托起的时候，它还会主动地低下身子，帮大嫂一把。

村子里高一声低一声，紧一声慢一声的鸡叫声，与邻村的鸡叫声此起彼伏，遥相呼应。大嫂和毛驴上路了。大嫂太累了，有时走着走着就打起了瞌睡。迷迷糊糊中，毛驴成了她的向导。如果遇见路上有同类，或者不熟悉的人，毛驴会主动地仰天长啸一声，提醒大嫂。大嫂也就会机灵地睁开眼睛，四下张望。如果没有什么危险，她还会嗔怪地骂毛驴一声。但那骂声中也包含着疼爱和亲昵。人和牲畜的关系在那个时候竟然那么亲密无间。

大嫂对毛驴的感情的确很深。她知道，毛驴驮着的不仅仅是两桶水，还是生命之源。所以，她累了休息的时候，把那两只水桶从毛驴的身上取下来，让毛驴也休息一会儿。大嫂对着水桶，看着自己在水里的模样，额头上的皱纹又多了几道，头上的白发又多了几根，惟有那双眼睛还是那样清澈。大嫂此刻看着在一旁低着头的毛驴，心里不禁涌出少许酸楚。这就是人生！

每天，黄土高原的晨曦里，那坎坷不平的山路上，大嫂和毛驴俨然成了一道亮丽的风景。这使我想起美国女画家爱迪娜·米博尔的一段话："美的最主要表现之一是，肩负着重任的人们的高尚与责任感。我发现这一点特别地表现在世界各地生活在田园乡村的人们中间……"

我不禁对大嫂充满了敬意。遗憾的是，没等我拿出相机，大嫂就和毛驴走远了。我多么想拍下一幅大嫂赶着毛驴的照片，将来有机会的话，交给她的孙子看一看，这就是黄土地上的母亲。

我甚至想，如果有这样一张照片，我还会把它送给国家博物馆收藏，让更多的炎黄子孙们知道，他们有这样可以引以为自豪的母亲。

秋天到吴忠去看鸟

我没有想到，在秋天的宁夏吴忠市哈巴湖，竟然闯进了鸟的世界。

去哈巴湖的路上，我还心存疑虑，秋天风大，沙尘漫天飞扬，常常是几步之内很难辨认一切，哈巴湖又处在黄土高原至内蒙古草原过渡地带，能看到什么风景呢？然而，就像在宁夏很多地方出其不意地遇到惊喜一样，哈巴湖也给了我一个意想不到的惊喜。

实事求是地说，首先要感谢鸟儿，因为是一群鸟儿把我们带进哈巴湖的。当汽车离开吴忠市区，进入盐池县境内不久，我们头顶上方飞来一群说不上名字的鸟。一开始，车上的人们只顾聊天，并没有注意它们。不知是谁先指着窗外的天空，惊喜地叫了一声："看，哈巴湖派鸟儿仪仗队来欢迎我们了！"他说，他已经注意了很长时间，发现这群鸟儿一直在我们的车子前后跟踪。听了他的话，大伙纷纷向车窗外望去，有的干脆打开车窗，把头伸出去看。这群鸟的阵容不是十分强大，大约有上百只，但是它们的队列非常整齐。这群鸟儿很有灵性。看出了我们在欣赏它们，于是在空中表演起来，忽儿飞成一道漂亮的弧线，忽儿飞成一道刚毅的棱角，仿佛经过专门训练。宁夏朋友告诉我们，跟着这群鸟，就可以到达哈巴湖。这不能不说是一种特殊的景观。同时，也让我们一行感到惊喜。

当哈巴湖出现在我们面前时，又让我们惊喜了一阵。万万想不到，在塞上还有这样一片美丽而神奇的湖。正值太阳刚刚升起，湖面上一片金碧辉煌，如同铺上了金黄色的绸缎。一缕缕尚未散尽的乳白色的晨雾，在湖面和天空之中久久地盘旋，好像眼下时髦的美少女组合在金黄色绸缎上翩翩起舞。整个哈巴湖，像一位风姿绰约的少女，魅力四射，光彩照人。

据宁夏朋友介绍，这座位于吴忠市盐池县境内的哈巴湖旅游区总面积十六万公顷，湖面三百余亩，而且还有大小不等的湿地、水塘星罗棋布地散落在区内。自然保护区的植被经过天然生长，人工造林和封山育林，植被覆盖率达到80%以上，且植物种类繁多，拥有已知各类植物507种。各种陆生动物也在区内繁衍生息，已达149种。数以万计的鸟类也纷纷来这里旅居。目前，这里有国家级保护的鸟类4种，其他各种鸟类100多种。我们沿湖绕行一圈，被旅游区内独树一帜的自然景观感动。在它的南部，是一片宽广的大漠，沙丘连绵起伏；北部则是一片绿色的海洋，林涛阵阵。哈巴湖镶嵌其中，更显得风华绝代。整个旅游区内，沙、水、草、树、鸟等风景要素巧妙结合，形成了独特的沙漠景观。

然而，最让我们不停地欢呼雀跃，不时心潮起伏的还是各种各样的鸟儿。你留意观察，那些或在湖边草地，或在滩地沼泽中小憩的鸟儿，有的不时地引颈瞭望，但丝毫没有恐惧之感，而那些卿卿我我、缠缠绵绵的鸟儿，更是一副旁若无人的神态。宁夏朋友告诉我们，那些缠缠绵绵的鸟儿有的是在欢度"蜜月"，准备在哈巴湖生儿育女，而那些引颈瞭望的鸟儿，有的则是在为它们站岗放哨。看来，它们真的把这里当作了天堂。

伫立于湖畔，看那些鸟儿精彩的飞翔表演，听着鸟鸣声汇成的交响乐在空中回荡，的确是一种无与伦比的享受。它们有的成群结队地飞翔于湖水之上，白的如身披洁白的婚纱，花的似穿着五彩的服装、黑的像京剧舞台上的青衣，还有红嘴的、绿冠的……形形色色，五彩纷呈，在湖上上演着一场多鸟族的大联欢。这时，你不能不想到，鸟类的胸怀往往比人类的胸怀还要宽阔。它们生活在同一片地方，尽管也存在着人类同样的资源问题，也面临着竞争，然而，它们之间没有嫉妒，没有怨恨，没有报复，没有斗争，更不用说那种灭绝其他族类的残酷战争……相反，它们是那么的友好，那么的亲密。据说，为了猎获食物，鸟儿们之间还互相帮助，你谦我让。仔细聆听，就连回荡在空中的百鸟叫声，也是整齐、合拍的交响乐。这种交响乐给人的遐思、给人的感受是那么美妙，又是那么深远。

朋友，秋天到吴忠去看鸟吧！在鸟的天堂，我肯定你不仅会饱餐鸟的交响乐，还会得到心灵的启迪。

激昂的草原之夜

那的确是一个永远留在我记忆中的夜晚。

结束了宁夏的调研任务，离开之前，热情的宁夏朋友安排我们一行专程到了银川市郊的蒙古度假区休息。他说十天马不停蹄的调研奔波之后，大伙都太劳累了，找个地方放松一下。

这是一个建在宽阔的大草原上的度假村。度假村有一个跑马场，是按照草原的特点建起来的，大约有几千米长的跑道，中间是一方草原。不知为什么，到了这里，我们无不跃跃欲试，没有一人感到恐惧。我选了一匹红马。这是我平生第一次骑马，但是不仅不害怕，反而有一种征服的欲望。随着一声哨响，红马箭一般冲向跑道。人在马背上不停地颠簸，风在耳边呼啸而过，看着远方一望无际的草原，草原尽头天边的一抹橘红色的晚霞，心里充满了兴奋。一圈，两圈，马越跑越快，我的心也随之飞翔起来，情不自禁地想放声高唱。这时，我理解了为什么草原上的人们都有一副好嗓子。

夜晚来临了。夜色悄无声息地开始进入草原，就像舞台上的幕布一样缓缓地、有节奏地移动。开始，远处的贺兰山模糊起来，接下来，人会感到夜色的影子在晃动。一轮弯弯的月亮挂在白云中间，让整个草原变得更加辽阔，更加深远，更加富有诗意，同时，也更加野性。

在蒙古族度假村，不管遇到的是服务员、教练员还是其他工作人员，他们都是轻轻地把右手放于胸前，微微躬一躬身子，热情地问候一声："塔赛百努！"（您好的意思）不用太长时间，你就不由自主地学会了这句话。

我们在长长的桌子前刚刚坐下，服务员就送上来一碗碗飘着热气和香气的奶茶。

这些年来，酒文化研究方兴未艾。但是，真正像蒙古族的酒文化"以酒寄情，以歌会友"那么简单明白，通俗易懂，恐怕还需时日。据朋友介绍，千百年来，蒙古族认为酒是粮食的精华，而粮食是人生命的最重要要素，因而，给客人敬酒是表达敬重之情的最好方式和最佳物品。听了朋友的介绍，我自然想起汉族中流传的一句很古老的话："酒是粮食精。"在这句话里，"精"字不单纯是指"精华""精品"，而是富有更深刻的内涵。正如汉族人称聪明的人"猴精"一样。突然之间，我对面前的酒产生了神圣的敬意。

酒宴在一阵欢快的歌舞声中开始。朋友介绍说，蒙古族喜欢把美酒和歌声融合在一起。他打了个比喻说："蒙古族把美酒和歌声看作是蓝天和白云。"因而，酒兴越浓，歌声也就越亮。尤其是在向客人敬酒时，必然伴着歌声。

果然，敬酒开始时，所有在场的蒙古人都一同放声歌唱。那种氛围，让你不能不抛开其他的想法，置身其中。

蒙古族敬酒的礼仪热烈而庄重。他们将酒斟在银碗或盅子里，用洁白而圣洁的哈达托举着，恭敬地给客人连敬三杯。这三杯酒，表达着三种意思。第一杯酒是感谢上苍恩赐人间光明；第二杯酒是感谢大地赋予人们福禄；第三杯酒是祝福朋友吉祥平安。宁夏的朋友了解蒙古族的酒礼，他给我们做了示范，接过酒杯后，先是以右手中指，从酒杯中蘸出酒，然后"三弹"。第一弹是向天，以表敬天；第二弹是向地，以表敬地；第三弹是向空，以表敬神灵。"三弹"过后，才一饮而尽。在敬酒的时候，那些蒙古族小伙和姑娘围在客人身边，不停地唱歌，直到客人把酒喝尽。他们人人都有一副天生的好嗓子，而且表情、声情都很感动人，让你觉得酒杯中的酒不喝不行。

那些蒙古族青年，不管男的女的，给人的印象是强壮，仿佛都是钢铁铸成的筋骨。尤其是穿着蒙古族服装，佩戴着蒙古族饰物的小伙子，真正是铁塔一般高大魁伟。蒙古族小伙子和姑娘能歌善舞，而且舞得天摇地动。

我理解这个民族为什么强悍,因为他们心中不存留痛苦,不压抑,所以健康。他们的热情豪放,他们的豁达开放,他们的激情高涨,让置身这种环境的人不能不激动,不能不兴奋,甚至不能不张狂。那晚,我第一次体会到了什么叫酩酊大醉。

由此想到,我们这些公务员平时压力太大。宣泄是一种释放方式,一种解脱方式,一种平衡的方式。实际上公务员平时工作很劳累很沉重,心里装了很多事,但又找不到宣泄的机会。宣泄的方式也很多,写作是一种宣泄,唱歌是一种宣泄。人不能没有宣泄。

很多公务员在人过中年之后,工作压力、家庭压力、社会压力越来越大。这些压力逐渐聚集在心灵深处,得不到宣泄。长此以往,各种疾病缠到身上。有的在单位受了委屈,有意见又不敢提,只能回到家向家人发泄,弄得家庭不和。我们提倡以人为本,首先是尊重人的生存权。我在德国考察时,曾去过北威州财政部。他们在办公区里设有咖啡厅。机关人员休息时可以到这里喝喝咖啡,简单做个交流,释放一下紧张的心情。这可以称之为工作驿站。它也是人性回归的体现。

返回银川时,已近深夜。司机师傅是个有心人。他把车停在路边,让我们打开车窗,闭上眼睛,听一听草原。我们照着他说的做了。那是真正的寂静。让人有一种回归自然的感觉。不知是谁先说了一声,你们听,是什么声音?有的说是流水的声音,有的说是狼叫。那种声音也是一种野性的声音。

接下来,我们一路上不停地唱。这时,我才体会到回归自我的感觉。

那一晚,我觉得轻松了许多。

那一晚也是我睡得最好的一次。其实,那个激动的草原之夜,是我人性上的一次增补。